Andreas Schlüter

Heiße Spur auf leisen Sohlen

© privat

Andreas Schlüter, geboren 1958, ist einer der erfolgreichsten Kinder- und Jugendbuchautoren der letzten Jahre. Gleich sein erstes Buch ›Level 4 – Stadt der Kinder‹ wurde ein Bestseller. Alle Titel der Level-4-Serie sind bei dtv junior im Taschenbuch lieferbar. Mehr von Marion, Tobias und dem sprechenden Chamäleon in: ›Heiße Spur aus Afrika‹ (dtv junior 70430) und ›Heiße Spur in die Manege‹ (dtv junior 71198).
Zusätzliche Informationen über Andreas Schlüter und seine Bücher stehen unter www.aschlueter.de und www.dtvjunior.de zur Verfügung.

© privat

Karoline Kehr, 1964 in Bad Salzuflen geboren, studierte an der Fachhochschule in Hamburg Illustration und arbeitet seither als freie Illustratorin. Für ihr erstes Bilderbuch ›Ernst stand auf und August blieb liegen‹ erhielt sie den Troisdorfer Bilderbuchpreis. Ihr Bilderbuch ›Schwi-Schwa-Schweinehund‹ war für den Deutschen Jugendliteraturpreis nominiert. Karoline Kehr lebt und arbeitet in Hamburg.

Andreas Schlüter

Heiße Spur auf leisen Sohlen

Mit Zeichnungen von Karoline Kehr

Deutscher Taschenbuch Verlag

Originalausgabe
In neuer Rechtschreibung
Dezember 2007

www.dtvjunior.de
Umschlagkonzept: Balk & Brumshagen
Umschlagbild: Karoline Kehr
Lektorat: Katja Korintenberg
Gesetzt aus der Bembo 12/15˙
Gesamtherstellung: Druckerei C. H. Beck, Nördlingen
Gedruckt auf säurefreiem, chlorfrei gebleichtem Papier
Printed in Germany · ISBN 978-3-423-71274-3

Inhalt

Ein verregneter Tag

Kambu zitterte. Pitschnass kauerte er im Schutz einer Bananenpflanze und lauschte, wie der Regen auf das Land prasselte. Das große Blatt über seinem Kopf bog sich verdächtig tief zu ihm hinunter und goss einen Wasserstrahl dicht an ihm vorbei, sodass er seinen Kopf noch weiter einziehen musste. Auch das Blatt, auf dem er saß, wackelte bedenklich und Kambu befürchtete, sich nicht mehr lange auf der glitschigen Oberfläche halten zu können. Seit zwei Stunden regnete es nun schon, als ob die Sintflut über Afrika hereingebrochen wäre. Kambu wusste, diese heftigen Schauer waren normal für die Regenzeit in Afrika. Gewöhnt hatte er sich dennoch nie daran. Und so war er wieder einmal vom Regen überrascht worden und viel zu langsam zurück in die Bananenplantage gelaufen, die ihm wenigstens halbwegs Schutz vor der grässlichen Nässe bot. Denn was ein Chamäleon so laufen nennt, ist für andere Tiere bestenfalls ein lahmer Spaziergang. Chamäleons sind nun mal nicht schneller – außer mit ihrer Zunge. Für das bloße Auge unsichtbar und mit tödlicher Präzision können sie sie aus ihrem Maul hervorschießen lassen, um sich ein Insekt zu schnappen. Auch Kambu konnte das. Aber es nützte ihm nichts. Kambu fraß keine Insekten, vermutlich als einziges Chamäleon der Welt. Denn er verfügte über eine weitere außerordentliche Fähigkeit. Er konnte alle Sprachen sprechen, die es gab. Alle! Aber er konnte keine Tiere fressen, mit denen er sich gerade noch unterhalten hatte. Und noch etwas gelang ihm nicht: die Verständigung durch die Verfärbung seiner Haut. So wie Menschen vor Schreck erblassen, bei Wut rot oder bei Unterkühlung blau anlaufen, zeigen auch Chamäleons mit ihrer Hautfarbe an, wie sie sich gerade fühlen. Einfacher gesagt: Ein Chamäleon ist in der Lage, sich im wahrsten Sinne des Wortes schwarz zu ärgern. Nur Kambu konnte sich nicht verfärben. Er war immer grün. Ein Geburtsfehler, über den sich seine Artgenossen gern lustig machten.

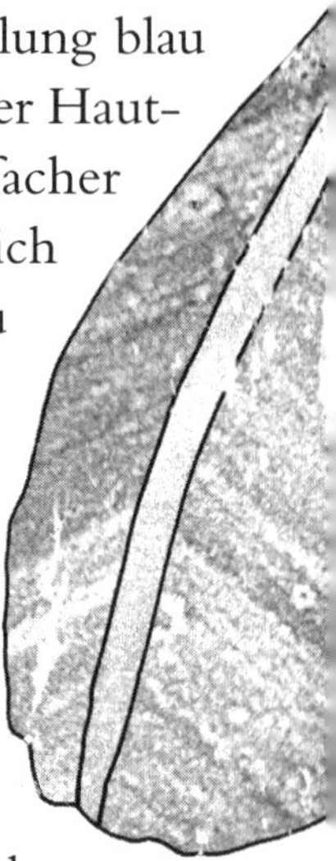

Aber Kambu dachte in diesem Moment nicht an seine Artgenossen. Die dicken Regentropfen, die um ihn herum niederprasselten, ließen seine Gedanken abschweifen, sehr weit abschweifen. Einige Tausend Kilometer weit, zu einem Land, in dem es noch häufiger regnete, wenngleich auch nicht so heftig.

Deutschland hieß es und war ringsherum bei Kambus Bekannten gänzlich unbekannt.

Kambu ist schon zwei Mal dort gewesen, wenn auch nicht ganz freiwillig. Beide Male hatte er ein aufregendes Abenteuer erlebt. Vor allem aber hatte er dort ein Mädchen kennengelernt, zu dem nun seine Gedanken wanderten.

Nein, kein Chamäleon-Mädchen, sondern ein Menschenkind. Marion hieß es, war elf Jahre alt und hatte – wenn man es genau nahm – mit dem gleichen Problem zu kämpfen wie er. Kambu fehlte ein wesentlicher Teil der Verständigung unter den Chamäleons. Und Marion war von Geburt an stumm. Ebenso wie Kambu half auch Marion sich mithilfe einer anderen Sprache: Sie sprach die Gebärdensprache. Eine tolle Sprache. Das hatte Kambu von Anfang an gefunden. Marions Mitschüler hatten ein wenig Zeit gebraucht, ehe sie die Vorzüge dieser Sprache erkannt hatten. Denn es war eine geräuschlose Sprache, die nur wenige Menschen beherrschten. Und absolut geeignet – als Geheimsprache!

Sollte der Lehrer etwas nicht mitbekommen, hinter seinem Rücken ließen sich, völlig unbemerkt, die neuesten Neuigkeiten austauschen. Zwei Mädchen wollten sich ausgiebigst über einen Jungen unterhalten? Kein Problem, er konnte ruhig dabeistehen und begriff trotzdem nichts. Und wenn es bei einem Konzert zu laut war, konnte man sich immer noch mit der Gebärdensprache verständigen. Die Vorzüge von Marions Sprache hatten sich so schnell in der Schule herumgesprochen, dass sie mittlerweile ein großer Teil der Schüler beherrschte. Damit war sie zwar fast keine Geheimsprache mehr, aber das machte Marion nichts aus. Denn der angenehme Nebeneffekt lag auf der Hand. Marion konnte sich inzwischen mit vielen Schülern austauschen und war längst nicht mehr die Außenseiterin, die sie zu Anfang auf der neuen Schule gewesen war.

Kambu seufzte. Ach, wie gern wäre er jetzt bei Marion. Zumal in Deutschland um diese Jahreszeit Hochsommer war. Und das hieß: Dort schien die Sonne, es war heiß – oder zumindest so warm, dass die Deutschen es für heiß hielten – und mit ein bisschen Glück war es vor allem trocken. Trocken!

Das Bananenblatt über Kambu riss in diesem Moment in zwei Hälften und ein Schwall Regenwasser ergoss sich über Kambu, der vor Schreck beinahe vom Blatt gerutscht und hinunter in die Schlammsoße gefallen wäre, in die sich der Boden der Plantage mittlerweile verwandelt hatte.

Kambu kletterte zwei Blätter weiter. Er wählte seine Schritte mit Bedacht und klammerte sich dabei fest an die Stängel der Blätter. Er war ohnehin zu langsam, um sich vor dem Regen zu schützen. Pudelnass erreichte er ein höheres Blatt, um Ausschau zu halten. Doch da war nichts als ein undurchdringlicher grauer Vorhang, zu dem sich der Regen verdichtet hatte. Der Schlamm unter ihm verwandelte sich zusehends in einen zähflüssigen See, der schnell anstieg.

Zudem machte der Regen einen höllischen Lärm. Man verstand sein eigenes Wort nicht, wenn man sich jetzt unterhalten würde. Aber Kambu unterhielt sich nicht. Mit wem auch? Er war allein auf der Pflanze, allein in der Plantage und er hatte sogar das Gefühl, allein auf der ganzen Welt zu sein.

Plötzlich ließ ihn ein neues Geräusch aufschrecken. Etwas, das nicht nach Regen klang. Eher wie ein Hupen. In Deutschland hatte er es oft gehört. Und selbst hier in Afrika war das Hupen eines Autos hin und wieder zu hören, wenn ein Jeep vorbeikam oder ein Lastwagen bei der Bananenernte. Aber heute, zu dieser Zeit, bei diesem Regen? Und es war auch, als ob nicht ein einzelnes Auto, sondern viele verschiedene durcheinanderhupten, wie im dichten Verkehr einer Großstadt. Das konnten unmöglich Autohupen sein!

Kambu hob den Kopf, schaute mit seinen beiden großen Glupschaugen in der für Chamäleons typischen Art gleichzeitig in verschiedene Richtungen und konnte dennoch nichts sehen als grauen Regen.

Aber da war etwas. Etwas Seltsames, Unheimliches – Hupendes!

Klecks wird vermisst!

Marion hielt die leere Dose Katzenfutter in der linken und den Löffel, mit dem sie das Futter gerade in die Schale gefüllt hatte, in der rechten Hand. Es war früh am Morgen. Marion trug noch ihren Pyjama, aber sie musste sich beeilen, wenn sie rechtzeitig in die Schule kommen wollte. Jeden Morgen fütterte Marion zuerst ihre Katze Klecks, bevor sie irgendetwas anderes tat.

Normalerweise wusste Klecks diese Aufmerksamkeit zu würdigen. Mehr als das. Sie lauerte schon mindestens eine halbe Stunde, bevor Marions Wecker klingelte, vor Marions Zimmer und kratzte ungeduldig an die Tür. Schnell hatte sich Marion deshalb angewöhnt, stets bei geschlossener Zimmertür zu schlafen.

Marions Mutter kam in die Küche, bemerkte die leere Dose in Marions Hand und die volle Schale auf dem Boden und schaute sich verwundert um.

»Nanu?«, fragte sie. »Wo ist denn Klecks?«

Marion zuckte mit den Schultern. Genau das hatte sie sich auch gerade gefragt. Es war zwar üblich, dass Klecks über Nacht aus dem Haus verschwand und sich in der Umgebung vergnügte.

Manches Mal schon hatte sie frühmorgens stolz ihre nächtliche Beute vor die Terrassentür gelegt: mal einen zerfledderten Vogel, mal eine tote Maus. Zum großen Entsetzen von Marions Mutter sogar schon mal eine zerbissene Ratte. Nur eines hatte Klecks noch nie gemacht: gefehlt, wenn morgens eine frische Dose Katzenfutter geöffnet wurde.

Marion schaute ihre Mutter mit betrübter Miene an.

Ihre Mutter verstand.

»Du musst dir keine Sorgen machen«, versuchte sie Marion zu beruhigen. »Sicher hat Klecks irgendwo etwas zu fressen gefunden und hat jetzt keinen Hunger!«

Aber Marion sorgte sich trotzdem. Den ganzen Vormittag lang. In der Schule konnte sie sich nicht konzentrieren, nicht einmal während ihrer Lieblingsstunde im Kunstunterricht. Sie sollten eine Seelandschaft malen. Fünf Mal setzte Marion von Neuem an, aber jedes Mal tauchte auf ihrem Bild irgendwo eine abgemagerte, verwilderte, nasse Katze auf, die furchtbar weinte und miaute. Marion konnte nichts dagegen machen. Die Bilder entstanden wie von selbst. Nach dem fünften Versuch war Marion sich sicher: Klecks hatte sich verirrt!

In der Pause erzählte sie ihrem besten Freund, Tobias, von ihren Sorgen - natürlich in der Gebärdensprache, weil sie stumm war. Aber Tobias war der Erste ihrer Schulklasse gewesen, der sich die Mühe gemacht hatte, die Gebärdensprache zu lernen. Mit ihm konnte Marion sich mittlerweile so flüssig unterhalten wie zwei sprechende Kinder untereinander.

Tobias war stolz darauf, diese besondere Sprache zu beherrschen, die die meisten Menschen nicht verstehen konnten. Seine Begeisterung für die Gebärdensprache war so weit gediehen, dass er zu Marion oft gar nicht mehr mit dem Mund, sondern selbst nur noch mit den Händen sprach, obwohl Marion ja nur stumm und nicht gehörlos war.

Auch jetzt verzichtete Tobias darauf, etwas zu sagen, und unterhielt sich mit ihr vollständig in der Gebärdensprache. Er schlug Marion vor, nach der Schule noch einmal nachzusehen, ob Klecks aufgetaucht war; und wenn nicht, würde er, so versprach er, den ganzen Nachmittag gemeinsam mit ihr nach der Katze suchen.

Nie zuvor war Marion nach der Schule so schnell nach Hause gelaufen wie an diesem Mittag. Ihre Mutter kam erst am Abend von der Arbeit zurück. Mit zittrigen Händen schloss Marion die Haustür auf, stürmte hinein, schaute sich nach Klecks um, rannte in die Küche und sah es sofort: Die Futterschale war noch voll. Klecks war also nicht zurückgekehrt.

Eine halbe Stunde später stand Tobias in der Tür.

Marion musste lächeln als sie ihn sah, denn Tobias hatte sich vorbereitet. Er zeigte, was er alles mitgebracht hatte: eine Dose Katzenfutter als Lockmittel, einen Dosenöffner, einen Löffel, ein Fernglas und – einen Stapel Zettel.

Marion warf einen Blick darauf und freute sich noch mehr: Tobias hatte sich nach der Schule sofort an den Computer seines Vaters gesetzt, eine Suchanzeige geschrieben und zwanzig Mal ausgedruckt. Sogar mit einem Foto von Klecks, das er auf seinem Computer hatte. Marion umarmte Tobias und drückte ihm einen Kuss auf die Wange. Tobias war froh, wie gut seine Vorbereitung bei Marion ankam. Trotzdem verzog er das Gesicht und wischte den nassen Kuss mit dem Ärmel ab.

Marion holte Klebeband und Schere aus ihrem Zimmer und schon zogen die beiden los, um die Steckbriefe an die Laternenpfähle der Umgebung zu kleben und Klecks zu suchen.

Seltsame Wesen

Endlich ließ der sintflutartige Regen ein wenig nach. Klitschnass kauerte Kambu noch immer in der Bananenstaude und wagte jetzt, ein wenig hervorzukommen und sich umzusehen. Der Regen tröpfelte nur noch vereinzelt von den Blättern. Der Himmel hatte sich gelichtet, und das Wasser floss in schmutzigen Rinnsalen schnell ab. Den Geruch der nassen Erde und auch den intensiven Duft der feuchten Pflanzen konnte Kambu nicht wahrnehmen. Er hatte seine Nase nur zum Atmen. Aber das eigenartige Tuten hörte er immer noch. Denn zu seiner besonderen Fähigkeit, alle Sprachen der Welt zu beherrschen, gehörte auch die Gabe, deutlich besser hören zu können als alle seine Artgenossen.

Langsam kroch Kambu nun aus seiner Pflanze heraus. Während er mit dem linken Auge darauf achtete, wohin er trat, registrierte er mit dem rechten über sich eine Bewegung. Kambu blieb stehen, schaute mit beiden Augen hinauf, aber da war der Schatten schon wieder verschwunden. Was war das gewesen? Und wo? Oben am Himmel? Die Blätter der Bananenstauden waren zu dicht, als dass er einen freien Blick auf den Himmel gehabt hätte. Es

nützte nichts. Wenn Kambu wissen wollte, was dort über ihm geschah, musste er die Plantage verlassen. Er überlegte, ob er es tun sollte. Vielleicht war es gar nicht wichtig. Andererseits: Wenn eine Gefahr drohte, sollte er wissen, worum es sich handelte, um sich rechtzeitig davor zu schützen.

Kambu seufzte und krabbelte langsam und mühevoll aus der Plantage heraus. Der nasse Boden klebte an seinen Füßen und schon nach wenigen Schritten hatten sich um jeden Fuß dicke Schlammklumpen gebildet, die schwer an seinen Beinen zogen. Er bedauerte, nicht wie ein Vogel leicht über den klebrigen Boden hinwegfliegen zu können.

Fliegen! Wieder schaute er hinauf in den Himmel. Der Schatten kam vielleicht einfach nur von einem Vogel? Aber war er dazu nicht zu groß gewesen?

Kambu marschierte tapfer weiter, und plötzlich tauchte der Schatten ein zweites Mal über ihm auf.

Schnell blickte Kambu nach oben und traute seinen Augen nicht. Doch Chamäleons verfügten über eine brillante Sehschärfe. Neben der Zunge ist bei einem Chamäleon nichts so gut ausgebildet wie die Augen. Trotzdem war es unglaublich, was er da sah. Nicht *einen* Vogel, sondern

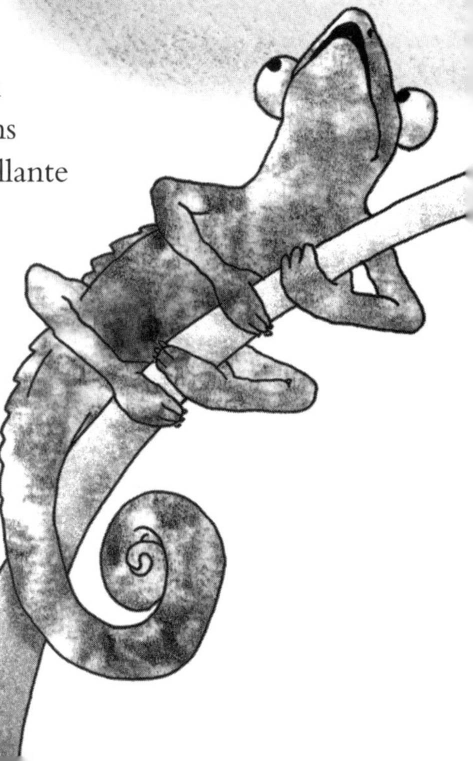

Hunderte! Sie hatten sich zu einem einzigen, gigantisch großen Flugwesen formiert. In einem großen V flogen sie über die Plantage hinweg und waren schon wieder aus Kambus Blickfeld verschwunden. So eine Flugshow hatte Kambu noch nie gesehen. Schon gar nicht so eine laute. Denn die Formation erweckte nicht nur den Anschein eines einzigen Wesens, sie machte auch einen ungeheuren Lärm! Jeder der mehreren Hundert Vögel trötete unablässig. Kambu fragte sich, wozu das gut sein sollte. Bei dem Durcheinander war es jedenfalls unmöglich, irgendetwas zu verstehen.

Plötzlich trötete es sehr laut direkt hinter ihm. Da Kambu alle Tiersprachen sprechen und verstehen konnte und diesmal nur ein einziger Vogel sprach, verstand Kambu sofort, was ihn der Vogel fragte: »Was tust du hier?«

Kambu drehte sich langsam um und sah vor sich eine Graugans.

»Ich?«, fragte Kambu verblüfft zurück.

Die Graugans begann zu schnattern: »Ja, natürlich du. Schiele ich vielleicht? Ich sehe doch dich an, oder etwa nicht?«

Kambu verdrehte seine Augen in verschiedene Richtungen.

»Du schielst!«, stellte die Graugans schnatternd fest.

»Ich schiele überhaupt nicht«, tutete Kambu in der Gänsesprache zurück. »Ich kann einfach nur gleichzeitig in verschiedene Richtungen schauen!«

»Ach!«, machte die Gans. »Sieht trotzdem aus, als ob du schielst. Also, was tust du hier?«

»Das könnte ich wohl besser dich fragen«, gab Kambu empört zurück. »*Ich* wohne nämlich hier, schon seit meiner Geburt. Und du? Dich habe ich hier noch nie gesehen!«

»Natürlich nicht«, schnatterte die Graugans keck zurück. »Wir sind Zugvögel. Und Zugvögel ziehen eben umher. Das sagt ja schon der Name!«

»Ach, sieh an«, giftete Kambu nun zurück. »Und ich dachte immer, Zugvögel fahren mit dem Zug. Wie die Menschen!«

Die Gans schaute Kambu etwas merkwürdig an, weil sie nicht genau wusste, was ein Zug war.

»Ich habe euch gesehen und wollte nur mal nachschauen, was ihr hier so macht«, erklärte Kambu wahrheitsgemäß.

»Hier gibt's gar nichts zu glotzen. Merk dir das!«, zischte die Gans und plusterte sich noch mehr auf.

Kambu wollte sich schon umdrehen und davonschleichen, als er eine andere Gans hörte.

Im nächsten Moment schaute sie schon durch die Pflanzen hervor. Sie war mehr als dreimal so groß wie die erste Gans. Kambu begriff, dass die erste Gans noch ein Kind war.

Die große Gans schob sich die kleine unter den Flügel und drehte um, um zu den anderen Gänsen zurückzukehren.

»Hallo!«, rief Kambu der Gans hinterher.

Die große Gans blieb stehen, drehte nur ihren gelenkigen Hals und sah zu Kambu zurück.

»Was bist du denn für einer?«, fragte sie.

So eine Gans wie Kambu hatte sie noch nie gesehen.

»Ich bin Kambu, ein Chamäleon!«, antwortete Kambu.

Natürlich war Kambu ein Chamäleon. Das wusste die Gans auch.

Aber Kambu sprach wie eine Gans. Es gab keine Chamäleons, die wie Gänse sprachen.

»Ich kann das!«, erklärte Kambu. »Ich weiß auch nicht, wieso. Dafür kann ich mich nicht verfärben!«

Die Gans schaute Kambu mit skeptischem Blick an. Ein Chamäleon, das sich nicht verfärbte, aber sprach wie eine Gans. Die Welt wurde auch immer verrückter, dachte sie.

»Woher kommt ihr?«, fragte Kambu neugierig. »Ich habe euch noch nie hier gesehen!«

»Wir sind auch nie hier!«, antwortete die Gans. »Normalerweise sind wir in Andalusien. Aber in diesem Jahr spielte dort das Wetter verrückt. Es stürmte und regnete wie bei einem Weltuntergang. Da sind wir weiter geflogen als sonst!«

»Aber hier hat es auch ganz fürchterlich geregnet!«, stellte Kambu fest.

Die Gans nickte. »Ja, wir hätten es besser wissen müssen. Die Menschen verändern das Klima dermaßen rasant. Da weiß man überhaupt nicht mehr, was los ist. Es ist auch längst an der Zeit, zurückzukehren. Aber wie gesagt: Das Wetter bringt unseren Rhythmus komplett durcheinander!«

»Zurück?«, fragte Kambu. »Wohin denn zurück?«

Die Gans schaute Kambu nun an, als wüsste er überhaupt nichts von der Welt.

»Na, nach Deutschland natürlich. Dort leben wir in den Sommermonaten!«

»Deutschland?«, wiederholte Kambu.

Die Gans nickte. Sie war überzeugt, dass Kambu noch nie etwas von dem Land gehört hatte. »Es ist sehr weit entfernt!«, fügte sie erklärend hinzu.

»Ich kenne Deutschland!«, rief Kambu der verwunderten Gans zu. »Ich war schon zweimal dort!«

Die Gans schüttelte den Kopf und wollte sich gerade wieder auf den Weg machen. Die anderen Gänse warteten. Sie hatten noch eine Reihe von Vorbereitungsflügen vor sich. Da blieb keine Zeit zum ausführlichen Schnattern.

Kambu überlegte nicht lange. Wenn er Deutschland hörte, fiel ihm sofort wieder Marion ein, an die er doch gerade noch so sehr gedacht hatte und die er so schrecklich vermisste. Ohne lange nachzudenken, fragte er die Gans: »Nehmt ihr mich mit?«

Das war endgültig zu viel für die Gans. Das Wetter spielte verrückt. Das Chamäleon vor ihr konnte sich nicht verfärben, dafür sprach es die Gänsesprache, und nun wollte es auch noch mit ihnen fliegen. War überhaupt noch auf irgendetwas in der Natur Verlass?

Erfolglose Suche

Marion klebte den letzten Steckbrief an einen Laternenmast. Mehr als vier Stunden war sie in Begleitung von Tobias die Gegend abgelaufen, hatte die Steckbriefe geklebt, in Büschen und Kellereingängen nach Klecks gesucht, Passanten und Nachbarn befragt. Von Klecks aber gab es keine Spur.

Tobias setzte sich auf die Bordsteinkante, zog sich die Turnschuhe aus, rieb sich die Füße und stöhnte: »Mir qualmen die Socken. Ich mache Schluss für heute!«

Auch Marion taten die Beine weh. Dennoch gab sie nur äußerst ungern auf. Sie hatte das Gefühl, kaum würde sie die Suche abbrechen, würde Klecks vielleicht verletzt ausgerechnet hinter der nächsten Hausecke sitzen und auf Hilfe hoffen.

»Das hast du vor einer Stunde auch schon gedacht«, erinnerte Tobias sie. Da Marion mit dem Steckbrief beschäftigt war und ihm den Rücken zukehrte, verzichtete er auf die Gebärdensprache. »Seitdem sind wir bestimmt zwanzig Hausecken abgelatscht!«

Marion wandte sich zu ihm um und nickte. Tobias hatte recht.

Trotzdem: Hinter der nächsten Hausecke wollte Marion noch nachschauen. Nur hinter der nächsten.

»Mach!«, schlug Tobias vor. »Ich bleibe hier sitzen und warte.«

Er hatte keinen Zweifel. Auch hinter der nächsten Ecke würden sie Klecks nicht finden. Klecks war einfach verschwunden. So etwas kam vor. Manche Katzen verschwanden einige Tage, manche sogar für einige Wochen. Tobias erinnerte sich sogar an einen seiner Onkel, dessen Katze verschwunden war und nach drei Jahren plötzlich wieder vor der Tür stand. Aber das behielt er lieber für sich. Er wollte Marion nicht noch mehr ängstigen.

Marion lief bis zur nächsten Hausecke und sah die Straße entlang, die rechts abging. Es war eine kleine Sackgasse.

Sie blieb wie elektrisiert stehen.

Das war doch …? Ja! Sie war sich sicher, soeben den Schwanz einer Katze gesehen zu haben, die gerade in einem Kellerfenster verschwunden war. Ein Katzenschwanz, der genau, aber haargenau so aussah wie der von Klecks.

Marion konnte Tobias nicht rufen. Sie winkte ihm stattdessen aufgeregt zu. Aber Tobias sah sie nicht. Er schaute nur auf seine glühenden Füße, die er sich noch immer rieb.

Marion winkte heftiger, versuchte so etwas wie einen Ruf, irgendein Geräusch von sich zu geben, das laut genug war, um Tobias' Aufmerksamkeit zu wecken. Es gelang ihr nicht.

Sie durfte keine Zeit verlieren. Würde sie erst zu Tobias zurücklaufen, um ihn anzutippen, konnte Klecks längst über alle Berge, oder besser gesagt: durch alle Kellergänge verschwunden sein.

Noch einmal winkte sie Tobias vergeblich zu. Dann entschied sie sich, die Suche allein fortzusetzen. Sie lief Klecks hinterher.

Kaum war Marion um die Ecke, hob Tobias den Kopf, um nach ihr zu sehen.

Die Stelle, an der Marion gerade noch gestanden hatte, war leer.

»Marion?«, fragte Tobias. Wohl zu leise, um von ihr gehört werden zu können. Sogleich setzte er deutlich lauter nach: »MARION?«

Er erhielt keine Antwort.

»Verflixt!«, ärgerte er sich. Wo steckte sie?

Hastig schlüpfte er in seine Turnschuhe, rannte los, stolperte über die noch offenen Schnürsenkel und knallte der Länge nach auf die Straße.

»Mist!«, fluchte er und spürte sogleich brennende Schmerzen auf seinen Handflächen und den Knien. Mit ängstlichem Blick betrachtete er seine Wunden, tupfte vorsichtig darauf herum, ließ es aber sofort wieder bleiben, weil jede Berührung noch mehr wehtat. Und von Marion war auch nichts mehr zu sehen.

Am liebsten wäre er sofort nach Hause gelaufen und hätte sich die Aufschürfungen verarzten lassen. Aber er mochte Marion nicht im Stich lassen. Vielleicht war es ihr ebenso ergangen und auch sie hockte jetzt irgendwo in seiner Nähe mit schmerzenden Knien? Warum nur war sie einfach fortgerannt, ohne ihm Bescheid zu sagen? Tobias ärgerte sich. Vor lauter Zorn stampfte er mit dem Fuß auf dem Boden auf, aber auch das tat dem geschundenen Bein nicht gut.

Tobias schaute die lange Straße entlang. Wäre Marion geradeaus gelaufen, hätte er sie noch sehen müssen. Es gab nur diese eine Abzweigung rechts hinein in die kleine Sackgasse. Marion musste sich also in einem der Häuser befinden. Es gab keine andere Möglichkeit. Langsam humpelte Tobias in die Gasse hinein und rief laut nach Marion.

Statt Marion schaute ein kleiner Hund aus einem Hauseingang heraus. Aber so klein der Hund auch war, so kräftig und bullig war er. Schwarz-weiß gefleckt wie eine Kuh, stand er breitbeinig mit seinem stämmigen Körper und seinem bulligen Schädel im Hauseingang, nur wenige Schritte von Tobias entfernt. Ein Pitbull-Terrier! Für diesen Kampfhund galt strengster Leinen- und Maulkorbzwang. Weder das eine noch das andere war bei diesem hier zu sehen. Auch von einem Herrchen weit und breit keine Spur. Mutterseelenallein stand der Hund in der Tür und hatte Tobias ins Visier genommen.

»O nein!«, dachte Tobias. »Bitte nicht!«

Für einen Moment dachte er sogar daran, dass der Hund vielleicht das Blut seiner Wunden witterte, wie man es den Killerhaien nachsagte. Er, der angeschlagene, weil verletzte und nach Blut rie-

chende Tobias, würde ein ideales Opfer für den Hund abgeben.

Tobias blieb stehen und versuchte, sich nicht zu bewegen. Irgendwo hatte er mal gehört, man solle einem Kampfhund nicht in die Augen schauen. Tobias schaffte es aber nicht, seinen Blick von dem Hund abzuwenden. Wie von einer fremden Macht getrieben, starrte er auf den Terrier.

Auch der Hund rührte sich nicht und schien nur darauf zu warten, dass Tobias eine falsche Bewegung machte. Jede Bewegung würde eine falsche sein, war Tobias sich sicher und versuchte, möglichst ruhig stehen zu bleiben. Es fiel ihm nicht leicht. Am liebsten wäre er laut um Hilfe schreiend davongelaufen. Doch er wusste, dass das das Verkehrteste war, was er in dieser Situation tun konnte.

Tobias überlegte, ob er beruhigend auf den Hund einreden sollte. Er öffnete schon den Mund, brachte aber keine Silbe über die Lippen. Seine Kehle fühlte sich staubtrocken an und er wagte es nicht einmal, sich zu räuspern. In dem Augenblick erinnerte sich Tobias an Kambu, das Chamäleon, das alle Sprachen der Welt sprechen konnte. Zwei Mal war es schon bei Marion gewesen. Zwei Mal hatte sie mit dem Chamäleon schon aberwitzige Abenteuer überstanden. Kambu hätte Tobias jetzt retten können. Mit Kambu hatte Tobias sogar schon mal einen wilden

Löwen, der aus einem Zirkus ausgebrochen war, gebändigt. Aber Kambu war nicht da. Er saß irgendwo in Afrika auf einer Bananenpflanze, vermutete Tobias.

So blieb Tobias einfach nur starr auf einem Fleck stehen und hoffte, dass das Herrchen des gefährlichen Hundes bald aus der Tür treten und dem Tier eine Leine anlegen würde, wie es Vorschrift war.

Tatsächlich öffnete sich in diesem Moment die Haustür hinter dem Hund. Heraus kam aber nicht, wie Tobias gehofft hatte, das Herrchen des Hundes, sondern – Marion!

Gerade wollte Tobias ihr laut zurufen, aufzupassen und schnell ins Haus zurückzugehen, als Marion den Hund anblickte, ihm zulächelte, ihm den Kopf streichelte und ihm einen leichten Klaps auf den Hintern gab.

Tobias mochte kaum glauben, was er da mit eigenen Augen sah.

Der Terrier machte Platz, Marion ging an ihm vorbei als wäre er ein harmloses Stofftier und winkte Tobias zu. In der Gebärdensprache sagte sie ihm: »Da bist du ja!«

Tobias wagte noch immer nicht, sich zu bewegen. Nur seine Sprache hatte er wiedergefunden: »Woher wusstest du, dass der Hund nicht gefährlich ist?«, fragte Tobias fassungslos.

Marion drehte sich kurz nach dem Hund um, wandte sich dann wieder Tobias zu und erklärte ihm, dass sie keineswegs sicher sei, dass der Hund ungefährlich wäre. Aber er hatte mit dem Schwanz gewedelt und das wäre ein eindeutiges Zeichen gewesen, dass der Hund sie mochte und gute Laune hatte.

»Auch Tiere sprechen Gebärdensprache!«, lachte Marion ihm stumm zu. »Und die können wir doch!«

Tobias musste lachen. Daran hatte er gar nicht gedacht.

»Und wo warst du?«, fragte er.

Hinter Marion kam nun eine schwarze Katze aus der Haustür herausgeschossen. Ohne weiter auf Marion und Tobias zu achten, jagte sie über die Straße und verschwand ein paar Meter weiter unter einem parkenden Wagen.

Marion zeigte der Katze hinterher und erklärte Tobias, dass sie die fremde Katze fälschlicherweise für Klecks gehalten hatte.

Mit anderen Worten: Die Suche ging von vorn los.

Reisepläne

So schnell gab Kambu nicht auf. Er konnte verstehen, dass er der Gans seltsam vorkam. Ein Chamäleon, das die Gänsesprache beherrschte und fliegen wollte, war ja nun wirklich nicht gerade alltäglich.

Doch wie alle Tiere würde sich auch die Gans an ihn gewöhnen. Davon war Kambu überzeugt. Und so tapste er ihr entschlossen hinterher. Vorsichtig, als ob er sich an eine Beute heranschleichen würde, einen Fuß vor den anderen setzend, stapfte er durch den klebrigen Schlamm. Es bereitete ihm unendliche Mühe und er war noch langsamer als Chamäleons ohnehin schon sind.

Mit ein paar Watschelschritten war die Gans aus Kambus Blickfeld verschwunden. Er war dennoch guten Mutes, gleich hinter den Bananenpflanzen, am Ende der Plantage, auf die Gänse zu treffen. Dort nämlich kam ein großes Stück freies Land, das sich gut überblicken ließ.

Lange nachdem die beiden Gänse durch die letzten beiden Bananenstauden geschlüpft waren, steckte auch Kambu seinen Kopf durch die Pflanzen und blieb baff vor Erstaunen stehen.

Er hatte die Flugformation der Gänse ja schon

am Himmel gesehen und deshalb mit einer größeren Anzahl von Gänsen gerechnet. Doch was er jetzt sah, übertraf alles, was er sich vorgestellt hatte.

Etliche Hundert Gänse watschelten übers Feld, fraßen die letzten saftigen Gräser, tröteten und hupten und schlugen mit den Flügeln. Es war wie an einem Verkehrsknotenpunkt einer Großstadt. Einfach gigantisch. Niemals zuvor hatte Kambu so viele Vögel auf einem Haufen gesehen.

Das Schlimmste aber war: Er hatte die beiden Gänse, denen er gefolgt war, aus den Augen verloren. Denn alle anderen Gänse sahen genauso aus wie die große. Und alle jüngeren Gänse glichen der kleinen wie ein Ei dem anderen. Für Kambu unterschieden sie sich in keiner Weise voneinander.

»Dann eben nicht!«, dachte er. Er konnte ebenso gut eine andere Gans fragen, ob sie ihn mit nach Deutschland nehmen würde. Und so guckte sich Kambu eine große Gans aus, tapste auf sie zu und fragte: »Du fliegst auch nach Deutschland?«

Die Gans bog ihren langen Hals wie bei einer Stehlampe und ließ ihren Kopf hinunter zu Kambu sinken, dicht vor seine Augen.

»Willst du mich verkohlen?«

»Nein, nein!«, versicherte Kambu. Nichts lag ihm ferner. Wie kam die Gans darauf?

»Wir haben uns doch eben gerade unterhalten«,

behauptete die Gans. »Ich habe dir doch gesagt, dass wir nach Deutschland fliegen. Hast du solch ein Spatzenhirn, dass du auf der Stelle alles wieder vergisst?«

Kambu wäre errötet vor Verlegenheit, wenn er seine Haut hätte verfärben können. Diese Gans war jene, mit der er sich soeben unterhalten hatte? Um nichts in der Welt hätte er sie wiedererkannt!

Peinlich berührt versuchte er, sich seinen Fehler nicht anmerken zu lassen.

»Öh, ja, äh, also ...«, stotterte er. »Ich wollte nur noch mal nachfragen, ob das auch ganz sicher ist, weil ...«

»Weil was ...?«, setzte die Gans ihm weiter zu.

»Na ja«, brachte Kambu hervor und merkte, wie er ein klein wenig an Selbstsicherheit zurückgewann. »Ich muss unbedingt nach Deutschland«, versuchte er zu erklären, ohne allzu viel von sich preisgeben zu müssen. Wenn er jetzt auch noch anfangen würde, von seiner Freundschaft zu einem Menschenmädchen zu erzählen, würde die Gans ihn komplett für verrückt erklären. Da war Kambu sich sicher.

»Wie kommst du denn darauf, dass du mit uns fliegst?«, bohrte die Gans im scharfen Ton nach. »Du kannst doch überhaupt nicht fliegen, oder täusche ich mich da?«

Kambu schüttelte den Kopf. Natürlich konnte er nicht fliegen! Er war ein Chamäleon!

Jetzt begriff die Gans, was Kambu von ihnen wollte: »Wir sollen dich tragen?«

Natürlich!, dachte Kambu. Was für eine Frage! Was denn sonst? Zur Antwort aber nickte er nur höflich.

»Ts!«, machte die Gans. »Hast du vielleicht eine Vorstellung davon, wie anstrengend das Fliegen ist?«

Kambu schwieg. Er hatte keine Vorstellung davon. Sie waren Vögel. Für die war es doch natürlich zu fliegen.

»Und was hätten wir davon, dich mitzunehmen? Was tust du für uns? Insekten fangen? Ich habe gehört, ihr Chamäleons seid hervorragende Insektenfänger!«

Kambu seufzte. Wie gern wäre er jetzt auf den Vorschlag eingegangen, aber es war unmöglich. Er würde es einfach nicht übers Herz bringen, kleine süße Käfer, faszinierende Spinnen, lustige Mücken oder Ähnliches zu fangen, um sie von den Gänsen fressen zu lassen. So seufzte Kambu nur und überlegte, was er den Gänsen als Gegenleistung anbieten konnte, wenn sie ihn mit nach Deutschland nähmen.

Bevor ihm etwas einfiel, krachte ein Schuss durch die Luft.

Mit lautem Geschrei hoben die Gänse ab. Alle gleichzeitig! Hunderte! Der Himmel über Kambu verdunkelte sich, als die Gänse unter unvorstellbar lautem Getöse wie ein einziger, riesenhafter Flugsaurier hoch über dem Feld kreisten und schließlich in der Ferne verschwanden.

So schnell er konnte, versteckte sich Kambu in einer der Bananenstauden. Und da sah er sie auch schon. Drei Feldarbeiter kamen mit Gewehren im Anschlag aus der Plantage. Mit düsteren Mienen begutachteten sie das Feld.

»Diese Biester!«, schimpfte einer. »Fressen uns die ganze neue Saat weg!«

»Ich weiß gar nicht, wo die herkommen!«, wunderte sich der Zweite. »Noch nie sind Gänse hier gewesen!«

»Und dann gleich so viele. Eine Katastrophe für das Getreide!«

Kambu erkannte das Problem. Die Gänse mussten sich satt essen, um genügend Kraft und Energie für ihre bevorstehende Reise zu speichern. Die Menschen aber waren auf das Getreide angewiesen, sonst hatten sie im Sommer nichts zu essen. Die Dürre machte ihnen oft genug zu schaffen. Wenn jetzt auch noch die Gänse die Saat wegfraßen, sah es ganz düster aus.

»Die blöden Viecher!«, schimpfte wieder der Erste. »Wenn die ein paar Kilometer weiter fressen würden, bei den alten Feldern, würde ja niemand etwas sagen. Die müssen im Frühjahr sowieso dem neuen Naturpark weichen, aber ausgerechnet hier!«

Die anderen beiden Feldarbeiter lachten.

»Du kannst ja mal mit den Gänsen reden und es ihnen sagen!«, scherzte der Zweite.

Und der Dritte fügte – wieder ernster – hinzu: »Solange die Gänse dich aber nicht verstehen, werden wir hier Wachen aufstellen müssen. Wir fahren gleich mal rüber ins Büro, um die Leute einzuteilen!«

Mit diesen Worten verschwanden die drei Arbeiter so schnell wie sie gekommen waren.

Kambu aber wusste in dem Moment, was er den Gänsen bieten konnte.

Eine heiße Spur

Mehr als eine Woche suchte Marion nun schon nach Klecks, aber von der Katze gab es weiterhin keine Spur.

Marions Mutter machte sich mittlerweile schon mehr Sorgen um ihre Tochter als um die Katze. Marion aß nicht mehr richtig, hatte ständig schlechte Laune und verkroch sich nach der Schule meistens gleich in ihr Zimmer und grübelte dort vor sich hin. So sehr vermisste Marion ihr Haustier. Bestimmt war Klecks überfahren worden und lag nun irgendwo auf einer Straße. Oder jemand hatte Klecks abgeschossen. Marion konnte sich zwar nicht vorstellen, wie man es fertigbrachte, auf eine Katze zu schießen, aber sie wusste, dass es solche Leute gab. Vielleicht hatte Klecks auch in irgendeinem Keller Rattengift gefressen und war elendig verendet. Es gab unzählige grausige Vorstellungen, wie Klecks gestorben sein konnte.

Marions Mutter hielt wacker an freundlicheren Möglichkeiten fest: Jemand hatte Klecks gefunden und fütterte sie seitdem reichlich. Deshalb fühlte Klecks sich dort so wohl, dass sie nicht zurückkam.

Marion wollte davon nichts hören. Klecks sollte

es irgendwo anders besser gefallen als bei ihr? Ausgeschlossen! Sie hatte sich immer ausgiebig mit ihrer Katze beschäftigt, ihr nur bestes Futter gegeben, oft sogar frisch für die Katze Fleisch gebraten. Leber zum Beispiel. Die mochte Klecks besonders gern. Sie hatte mit Klecks gespielt, sie gestreichelt, mit ihr gesprochen. In Gebärdensprache zwar, aber warum sollte eine Katze die Gebärdensprache nicht ebenso gut verstehen wie die gesprochene Sprache? Nein, nein. Nirgends konnte Klecks es so gut haben wie bei ihr. Marion war überzeugt: Ihrer Katze war etwas zugestoßen!

Oder jemand hatte sie gestohlen. Das war die einzige andere Möglichkeit außer dem Tod, die für Marion noch vorstellbar war. Jemand anderes fütterte Klecks nicht nur, sondern hatte sie auch noch zu Hause eingesperrt. Klecks brauchte ihre Freiheit. Sie musste nachts draußen umherstreifen. Man durfte sie nicht einsperren.

Das war sicher auch der Grund dafür, weshalb sich niemand auf die Steckbriefe gemeldet hatte, die sie und Tobias überall in der Gegend ausgehängt hatten. Sie waren sogar noch ein zweites Mal losgegangen. Einmal, um nachzusehen, ob die Zettel noch aushingen. Aber vor allem, um auf alle Steckbriefe mit einem dicken Edding-Stift nachzutragen, dass eine Belohnung ausgesetzt war.

Marions Mutter konnte nicht mehr mit ansehen, wie sehr Marion unter dem Verlust der Katze litt und hatte kurzerhand eine Belohnung spendiert: Wer Klecks fand und zurückbrachte, würde fünfzig Euro Finderlohn erhalten. Fünfzig Euro! So viel Geld! Da würde sich doch bestimmt jeder melden, der Klecks gesehen hatte! Selbst die tote Katze müsste doch jemand entdeckt haben und es ihnen mitteilen.

Jedes Mal, als in der vergangenen Woche das Telefon geklingelt hatte, war Marion losgerannt, hatte den Hörer abgenommen und ihn ihrer Mutter gereicht, weil sie selbst sich ja nicht melden konnte. Ihre Mutter konnte zwar sprechen, ging nach Marions Auffassung aber immer viel zu langsam ans Telefon.

Und wenn ihre Mutter nicht zu Hause war, hatte Marion immer aufgeregt den Anrufbeantworter abgehört in der Hoffung, jemand hätte wegen Klecks angerufen. Hatte aber niemand. Nicht ein einziges Mal.

Deshalb hatte Marion sich entschieden: Heute würde sie Klecks bei der Polizei nicht als vermisst, sondern als gestohlen melden!

Nervös ging sie vor der Polizeiwache auf und ab. Tobias hatte versprochen, pünktlich um drei zu erscheinen und ihr beim Übersetzen der Gebärdensprache in Lautsprache zu helfen. Denn Marion glaubte nicht, auf einen Polizisten zu treffen, der die Gebärdensprache beherrschte.

Ungeduldig schaute sie auf die Uhr. Es war zwei Minuten vor drei und von Tobias nichts zu sehen. Wo blieb der nur? In so einem dringenden Fall musste man doch nun wirklich nicht erst auf die letzte Minute kommen, fand sie.

Doch da kam Tobias schon, pünktlich auf den Glockenschlag.

Marion verzichtete darauf, Tobias Vorhaltungen zu machen. Obwohl er ihrer Meinung nach wirklich etwas früher hätte kommen können. Doch statt sich mit langen Diskussionen aufzuhalten, drängte sie Tobias, schnell sein Rad anzuschließen. Sie hatte die Türklinke schon in der Hand.

Als Tobias endlich so weit war, stieß sie die Tür auf, sprang in die Wache hinein und – traute sich nicht weiter. Sie hatte sich vorher genau ausgemalt, wie sie die Polizisten überzeugen wollte, wirklich ernsthaft nach ihrer Katze zu suchen. Doch plötzlich war alles wie weggeblasen.

Irgendwie flößte ihr die Polizeiwache mächtig Respekt ein. An der Wand links von ihr, gleich über der Besucherbank hingen verschiedene Steckbriefe: von Terroristen, Mördern und Bankräubern.

Aber auch von einem jugendlichen Mädchen

Terroristen
Vorsicht Schusswaffe
GESUCHT
Der Bankräuber von Bad Salzuflen
€ 12.000,-
Belohnung
FAHNDUNG
Dringend gesucht
Heiratsschwind
gesucht
GESUCHT
wird KLECKS
Belohnung!
ne Katze!
ährlich!
MORD
Die Polizei bittet um Ihre Mithilfe!
Wer kennt diese Männer
Vermisst
seit dem 27.August 2006
rmisst

und einem kleineren Jungen. Beide wurden seit geraumer Zeit vermisst. Für einen Moment überlegte Marion, ob sie wohl ihren Steckbrief von Klecks danebenhängen durfte? Da aber kein anderes vermisstes Tier hier aushing, war es wohl nicht erlaubt. Vielleicht war sie aber auch nur die Einzige, der ein Tier gestohlen worden war?

Tobias stand schon am Tresen, der den Raum in der Mitte teilte. Hinter dem Tresen gab es zwei Schreibtische. An einem von ihnen saß ein Polizist in Uniform, der etwas in einen Computer tippte.

Tobias wusste nicht, ob der Polizist ihn schon gesehen hatte. Auf Tobias' Begrüßung hatte er jedenfalls nicht geantwortet. Noch nicht einmal aufgeblickt hatte er.

Tobias räusperte sich und hob seinen rechten Finger, als ob er sich in der Schule meldete. Etwas Besseres war ihm im Moment nicht eingefallen.

Doch der Polizist hatte Tobias längst bemerkt.

»Du musst dich nicht melden!«, sagte er, ohne seinen Blick vom Monitor abzuwenden. »Ich bin hier gleich fertig. Was gibt es denn?«

Tobias sagte ohne Umschweife, weshalb sie gekommen waren: »Meiner Freundin Marion ist die Katze gestohlen worden!«

Jetzt unterbrach der Polizist abrupt seine Arbeit am Computer und schaute zu Tobias hinüber.

»Gestohlen?« Seinem Tonfall war deutlich anzumerken, was er mit seiner Frage meinte: nicht etwa *entlaufen*?

Tobias erzählte, weshalb Marion so überzeugt von einem Diebstahl war.

Der Polizist erhob sich, kam auf Tobias und Marion zu, die mittlerweile neben Tobias stand, lehnte sich auf den Tresen, beugte sich zu den beiden Kindern hinüber und sagte: »Glaubt mir: Niemand hat eure Katze gestohlen! Sie wird irgendwo ein Plätzchen gefunden haben, an dem sie das Futter lieber mag!«

Entrüstet schnappte Marion nach Luft. Eine Unverschämtheit! Auf der ganzen Welt gab es für Klecks keinen besseren Platz als bei ihr. Und nun unterstellte ihr der Polizist, dass Klecks ihr Futter nicht mochte!

Marion schimpfte mit wilden Gesten auf den Polizisten ein. Der verstand natürlich nichts.

»Was zappelst du denn so?«, fragte der Polizist.

»Sie zappelt nicht, sie …!«, *schimpft*, wollte Tobias lieber nicht sagen. Deshalb entschied er sich für: »Sie *spricht*.«

Der Polizist zeigte ein erstauntes Gesicht.

»Und?«, fragte er. »Was sagt sie?«

Auch das wollte Tobias lieber für sich behalten. Er suchte nach einer Ausrede. Doch in dem Moment betrat eine Frau die Polizeiwache, die sehr aufgeregt war.

Ohne eine Begrüßung, ohne abzuwarten, ob sie an der Reihe war und ohne Rücksicht darauf, dass Tobias, Marion und der Polizist sich gerade unterhielten, brüllte sie den Polizisten an: »Was haben Sie mit meinem Hund gemacht? Geben Sie mir sofort meinen Hund zurück!«

Marion und Tobias wurden hellhörig. Der Polizist schien sofort zu wissen, wovon die Frau sprach.

»Sie meinen den Pitbull?«

»Ich meine meinen Kalli!«, entgegnete die Frau.

Marion musste unwillkürlich schmunzeln. Wer nannte seinen Pitbull denn Kalli?

Tobias musste sofort an den Kampfhund denken, vor dem er in der Sackgasse solche Angst gehabt hatte.

Wie sich schnell herausstellte, war genau der auch gemeint.

Kampfhund Kalli war ohne Leine, Maulkorb und vor allem allein in einer Straße aufgefunden worden. Genauso wie Tobias und Marion ihm auch begegnet waren. Irgendjemand hatte daraufhin die Polizei gerufen. Die Beamten hatten Kalli eingefangen und …

»… ins Tierheim gebracht!«, beendete der Polizist seine Schilderung.

»Ins Tierheim?«, empörte sich die Frau.

Ins Tierheim?, wiederholte Marion in Gedanken.

»Das ist ja wohl die Höhe!«, schimpfte die Frau. »Mein Kalli im Tierheim!«

Das ist es!, dachte Marion. An alles hatte sie bisher gedacht. Nur an ein Tierheim nicht!

Aufgeregt stieß sie Tobias in die Seite. Der aber verfolgte immer noch gebannt das Rededuell zwischen der Frau und dem Polizisten. Dass die beiden sie auf eine neue Fährte gebracht haben, war Tobias noch nicht aufgefallen.

Selbst als Marion ihn ausdrücklich darauf hinwies, konnte Tobias noch nicht so richtig etwas damit anfangen.

»Klecks ist doch kein Kampfhund!«, widersprach er.

Doch für Marion war neue Hoffnung aufgekeimt. Jemand hatte Klecks gefunden. Vielleicht war sie verletzt oder sah schlecht aus. Und dieser Jemand konnte keine Katze brauchen, wollte ihr aber helfen und hat sie ins Tierheim gebracht.

Genauso muss es gewesen sein!, war Marion plötzlich überzeugt.

Es war nur noch eine einzige Frage zu klären, doch die nahm die Frau ihr gerade aus dem Mund: »Wo ist dieses Tierheim?«

Der Polizist nannte ihr die vollständige Adresse.

Die Frau schrieb sie sich auf.

Marion hatte die Adresse längst im Kopf gespeichert. Sie tippte Tobias in die Seite.

»Was ist?«, fragte er.

Marion wunderte sich über die Frage. Es war doch vollkommen klar, was sie wollte: Auf ins Tierheim!

Böses Erwachen

Kambu wusste nicht, wo er war. Seine Glieder schmerzten und sein Schädel brummte. Ihm war schwindelig. Er hatte Hunger und Durst und zudem das Gefühl, sehr lange geschlafen zu haben.

Langsam stellte sich seine Erinnerung wieder ein.

Er hatte mit Gänsen gesprochen, die nach Deutschland fliegen wollten. Aber sie wollten ihn nicht mitnehmen. Feldarbeiter hatten auf die Gänse geschossen und Kambu hatte erkannt, wie er den Gänsen nützen konnte. Er sprach alle Sprachen der Welt. Also verstand er auch die Menschen, wenn sie sich darüber unterhielten, wo die Gänse den Menschen schadeten und wo es den Menschen recht war, wenn sie Pflanzen und Saatkörner fraßen. Auf diese Weise konnte Kambu den Gänsen mitteilen, wo sie ungefährdet während ihres langen Fluges Rast machen konnten.

Damit hatte Kambu die Gänse umstimmen können. Sie hatten ihn mitgenommen – nach Deutschland, wo Kambu seine Menschenfreundin Marion besuchen wollte.

Kambu hatte sich auf dem Rücken der größten

Gans festgekrallt und dann war es losgegangen. Kaum aber waren die Gänse gestartet, hatte er seinen Entschluss schon bereut. So hoch über der Erde war Kambu vorher noch nie gewesen. Die Bäume, Felder, Wälder, Tiere sahen von dort oben furchtbar klein aus. Kambu wurde ganz schwindelig und er hatte entsetzliche Angst hinunterzufallen. Panisch hatte er sich noch fester im Gefieder der Gans festgehalten. Was Kambu nicht gewusst hatte: Er litt an Höhenangst!

Als er es feststellte, war es zu spät gewesen.

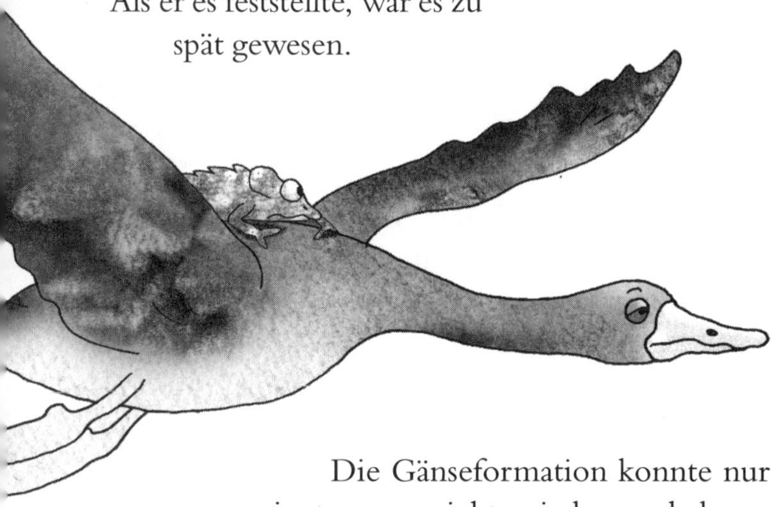

Die Gänseformation konnte nur seinetwegen nicht wieder umkehren. Hunderte Vögel flogen in einer festen V-Formation. Die Gänse hatten sich lange auf diesen Flug vorbereitet. Es war wichtig, die Formation einzuhalten. Denn der Flug dauerte lange und war äußerst anstrengend. Am schwersten hatten es die Gänse, die an der Spitze flogen. Die Nachfolgenden nutzten den Aufwind der vorderen Vögel und konnten somit Kraft sparen. Um die Anstrengung gleichmäßig auf alle zu verteilen, wechselten die Gänse regelmäßig ihre Positionen.

Als Kambu gestartet war, flog seine Gans ganz hinten. Aber irgendwann hatte auch sie die Spitze übernehmen müssen. Von da an war es mit Kambu ganz aus gewesen. Der Wind pfiff ihm nur so um die Ohren. Es war bitterkalt und Kambu fehlten die Federn, um sich zu wärmen. Sie flogen durch Regen und Stürme, durch nasse Wolken, schaukelten über Aufwinde und trudelten durch Luftlöcher. Aber sie flogen. Und flogen. Und flogen. Stunden über Stunden ohne Pause. Kambu konnte sich nicht bewegen, sondern saß steif und verkrampft auf dem Rücken seiner Gans und klammerte sich frierend und voller Angst in die Federn – ständig mit dem Gefühl, sich übergeben zu müssen, an Hunger oder Durst zu sterben oder einfach vor Erschöpfung von der Gans herunter in die Tiefe zu plumpsen.

Mehr als drei Wochen ging das so. Und schon bei der ersten Rast hätte Kambu seine Reise am liebsten aufgegeben. Aber da waren sie schon sechs Stunden geflogen und Kambu hatte nicht die geringste Ahnung, wo er sich befand.

So wie jetzt.

Er lag auf Stroh und fühlte sich matt. Ohne eine einzige Körperregung schaute er sich um, indem er nur mit den Augen rollte. Um ihn herum war Glas. Das erstaunte ihn so sehr, dass er nun doch zumindest den Kopf ein wenig anhob. Tatsächlich: Er hockte in einem Glaskasten!

Kambu hatte keine Ahnung, wie er in diesen Kasten hineingekommen war. Während der letzten Tage seiner Flugreise hatte er kaum noch etwas wahrgenommen. Er hatte sich furchtbar gefürchtet. Marion hatte Kambu mal von einer Achterbahn erzählt, in der ihr schlecht geworden war. Sie hatte damals immer nur gedacht: Hoffentlich ist die Fahrt bald zu Ende. Doch die Bahn hatte immer noch mal eine Runde gedreht, bis Marion sich während der Fahrt übergeben musste. Nur: Marions Achterbahnfahrt hatte insgesamt viereinhalb Minuten gedauert. Kambus Reise dagegen drei Wochen!

Irgendwann aber hatte die Gans ihm mitgeteilt: Wir sind in Deutschland.

Endlich!, hatte Kambu nur gedacht, sich halb bewusstlos bei den Gänsen bedankt, sich verabschiedet und war dann …

Ja, was war dann geschehen?

Kambu versuchte angestrengt, sich zu erinnern. Aber es gelang ihm nicht. In seiner nebulösen Erinnerung sah er die Gänseschar davonfliegen. Er spürte noch den feuchten Boden unter seinem Bauch. Wieso feucht? War ein See oder ein Fluss in der Nähe gewesen? Oder hatte es geregnet? Ja, Kambu meinte sich zu erinnern, dass ein feiner Sprühregen seinen Körper benetzt hatte. Das kalte Wasser war unangenehm gewesen nach der langen Reise durch die eisige Luft. An mehr konnte er sich nicht erinnern. Vielleicht war er ohnmächtig geworden? Vielleicht hatte er gar nicht so lange geschlafen, wie er meinte? Aber wie kam er nun in diesen Glaskasten?

Neben ihm stand ein kleines Schälchen mit Wasser. Zwei, drei kleine Zweige mit noch grünen Blättern lagen auf dem Boden. Dazwischen schwirrten ein paar Mücken herum. Kein Zweifel: Irgendwelche Menschen hielten ihn hier fest und wollten ihn wieder aufpäppeln. Sie konnten ja nicht wissen, dass Kambu keine Insekten fraß. Ebenso wenig wie die zwei Mücken, die sich bis in den letzten Winkel des Kastens verkrümelt hatten, dort an der Glasscheibe klebten und verzweifelt nach einem Ausweg suchten.

»Da geht es nicht hinaus!«, rief Kambu ihnen in der Moskitosprache zu.

Die Mücken waren so verblüfft über ein Chamäleon, das ihre Sprache sprach, dass sie vor Schreck beinahe an der Glasscheibe heruntergerutscht wären.

Kambu versicherte ihnen, dass er sie nicht fressen würde. Aber so recht schienen die Mücken ihm nicht zu trauen. Jedenfalls antworteten sie nicht, sondern schwirrten weiter an der Glasscheibe herum. Sie waren überzeugt, wenn sie hinausschauen konnten, musste es auch einen Weg geben, hinauszufliegen. Kambu pflückte sich mit seiner langen Zunge ein Blatt von dem herumliegenden Baumast und wollte es gerade verspeisen, als er einen Hilferuf hörte. Sehr, sehr leise. Und obwohl Kambus Gehör besser war als das seiner Artgenossen, hatte er diesen Ruf nur wahrgenommen, weil er sehr nah an ihm dran war.

Trotzdem konnte Kambu nicht sehen, woher er kam.

»Hier bin ich!«, schrie die Stimme.

Kambu wunderte sich, wie jemand so leise schreien konnte.

»Wo?«, fragte er.

»Na, hier! Fast in deinem Maul!«

Kambu erschrak und spuckte das Blatt schnell wieder aus. Aber er musste schon sehr genau hinschauen, um den Rufenden erkennen zu können.

»Wer bist du denn?«, fragte Kambu.

»Ich?«, piepste ihm die Antwort vom Blatt entgegen. »Ich bin Floh Rian!«

»Florian?«

»Nein, nein! Ich heiße Rian und bin ein Floh!«

»Ich hätte dich eher für eine Blattlaus gehalten«, gab Kambu zu.

»Eine Blattlaus!«, empörte sich Rian. »Wie kommst du denn darauf? Soo klein bin ich ja nun doch nicht!«

»Was macht ein Floh auf einem Blatt?«, fragte Kambu.

»Ich bin vom Hund gefallen als der sich geschüttelt hat«, erzählte Rian. »Einen Moment nicht aufgepasst und schwupp, hing ich im Gebüsch. Dann hat ein Tierpfleger den Zweig vom Busch abgebrochen, ihn zu dir ins Terrarium gelegt und da wäre ich fast von dir gefressen worden. Na ja, und hier bin ich nun also!«

»Langsam, langsam!«, antwortete Kambu. So schnell kam er nicht mit. »Tierpfleger? Terrarium? Was soll das heißen? Bin ich etwa in einem Zoo gelandet?«

»Gelandet ist gut!«, kicherte der Floh und hüpfte vor Vergnügen um Kambu herum. »Kannst du etwa fliegen?«

Kambu verzichtete darauf, dem Floh zu erklären, dass er tatsächlich fast dreitausend Kilometer weit geflogen war. Das würde ihm der Floh ohnehin nicht abnehmen.

»Also, was ist?«, drängte Kambu stattdessen nur. »Sind wir hier in einem Zoo?«

»Unsinn!«, gab der Floh frech zurück. »Seit wann gibt es denn Hunde im Zoo?«

»Wo sind wir dann?«, wollte Kambu wissen.

»Na, wo schon?«, fragte der Floh. »Im Tierheim natürlich!«

Im Tierheim

Marion war viel zu aufgeregt, um sich hinzusetzen. Eine Tierpflegerin hatte ihr im Büro einen Stuhl angeboten, während sie sich genau notierte, wen Marion suchte.

Haarklein beschrieb Marion mithilfe von Tobias, wie Klecks aussah, seit wann Marion ihre Katze vermisste, wo sie wohnte, wie oft Klecks vorher schon für mehrere Tage mal verschwunden war, ob Klecks sterilisiert und geimpft war, ob sie ein Flohhalsband trug, was sie am liebsten fraß und tausend weitere Fragen mehr.

Marion begriff nicht, was das alles sollte. Die Tierpflegerin brauchte Marion doch nur die Katzen zu zeigen, die es im Tierheim gab, und Marion würde sofort sagen können, ob Klecks darunter war oder nicht.

»So einfach geht das nicht!«, belehrte sie die Tierpflegerin. »Da könnte ja jeder kommen, sich irgendeine Katze aussuchen, behaupten, es wäre seine und sie gleich mitnehmen!«

»Das wäre doch gar nicht so schlecht, wenn sich jemand eine Katze abholt«, wagte Tobias einzuwerfen. »Immerhin würde es ihnen doch besser gehen als …« Tobias brach mitten im Satz ab. »… besser gehen als im Tierheim«, hatte er sagen wollen. Aber im letzten Moment war ihm eingefallen, dass die Tierpflegerin das sicher als Beleidigung auffassen würde. Bestimmt gaben sie sich hier alle Mühe, die Tiere gut zu pflegen.

Die Tierpflegerin selbst sprach den hinuntergeschluckten Satz zu Ende. Sie lächelte Tobias gutmütig zu, als wäre er auch ein zugelaufenes Hündchen. »Das wünschen wir den Tieren. Und deshalb prüfen wir alles sehr genau. Es kann nicht jeder daherkommen und sich ein Tier holen. Außerdem warten wir immer eine gewisse Zeit, ob nicht der wirkliche Besitzer kommt und sein Tier sucht, bevor wir es in fremde Hände abgeben.«

Das alles fand Tobias sehr einleuchtend.

Marion aber hatte keine Geduld, sich weitere Erklärungen anzuhören. Sie wollte wissen, ob Klecks überhaupt hier war. Und wenn, wollte sie ihre Katze wiederhaben. So schnell wie nur irgend möglich! Waren endlich alle Fragen beantwortet?

Die Tierpflegerin hatte alles in ihren Computer eingetippt, lächelte nun auch Marion mildtätig zu und sagte: »Na, dann wollen wir mal schauen!«

Endlich! Marion zersprang vor Ungeduld.

Ihr erster Weg führte sie allerdings nicht zu den Katzen, sondern über einen Hof, auf dem seltsame

Hindernisse aufgebaut waren: Bänke, Holzwände, Röhren aus alten Reifen, Stäbe für einen Slalomlauf.

»Dort hinten ist unser Hundehaus«, erklärte die Tierpflegerin.

Die Erklärung war überflüssig, denn die Hunde waren nicht zu überhören. Wie ein großer Hundechor bellten, kläfften, jaulten und heulten die Hunde, kaum, dass Marion, Tobias und die Tierpflegerin den ersten Schritt auf den Hof getan hatten.

»Hier auf diesem Parcours können wir die Hunde testen, ausbilden oder auch einfach nur ausgiebig mit ihnen spielen!«, erläuterte die Tierpflegerin weiter.

»Testen?«, fragte Tobias nach.

Die Tierpflegerin nickte. »Ihre Fähigkeiten. Manche Hunde, die wir finden oder die zu uns gebracht werden, wurden vom Vorbesitzer abgerichtet: als Wachhunde, Jagdhunde, wir hatten sogar schon mal einen alten Sprengstoffspürhund der Polizei hier!«

»Wow!«, machte Tobias. Sprengstoff aufzuspüren stellte Tobias sich so gefährlich vor, dass er gar nicht nachfragen mochte, was aus dem Hund geworden war. Doch die Tierpflegerin beantwortete ihm seine unausgesprochene Frage auch so.

»Der Hund genießt sozusagen seine Rente. Er

lebt bei einem älteren Herrn, gar nicht weit von hier!«

»Aha!«, sagte Tobias erleichtert.

»Jedenfalls können wir hier auf dem Parcours nicht nur die Fähigkeiten der einzelnen Hunde sehr gut erkennen, sondern auch ihre Charaktereigenschaften.«

Tobias nickte. Er dachte an den Pitbull-Terrier der Frau. Und da sah er sie auch schon. Sie stand drüben auf der anderen Seite des Hofes vor einem Zwinger und begrüßte gerade ihren Hund, den ihr eine andere Tierpflegerin an einer Leine zuführte.

»Ist der zum Beispiel gefährlich?«, fragte Tobias.

Die Tierpflegerin blieb stehen und schaute hinüber, welchen Hund Tobias meinte.

»Der?«, fragte die Tierpflegerin und lachte. »Nein. Das ist der größte Angsthase, den ich bisher gesehen habe!«

Marion schmunzelte Tobias an. Tobias hatte das Gefühl, rote Ohren zu bekommen. Und vor dem hatte er solch eine große Angst gehabt! Aber er hatte ja schließlich auch nicht wissen können, wie harmlos der Hund war.

»Aber das ist doch ein Kampfhund?«, fragte Tobias schnell nach.

Die Tierpflegerin nickte und grinste. »Von seiner

Rasse her ja. Aber er selbst scheint es nicht zu wissen.«

Marion drängte, weiterzugehen. Sie interessierte sich im Moment nicht für die Hunde, sondern sie wollte so schnell wie möglich nachsehen, ob Klecks hier war.

Das Katzenhaus befand sich hinter dem Hundetrakt.

Die Tierpflegerin öffnete die Tür, Marion und Tobias traten ein und Marion hatte für einen Moment das Gefühl, sie wäre nicht in einem Tierheim, sondern in einem Krankenhaus. Vor ihr erstreckte sich ein langer schmaler Flur, von dem links und rechts Türen abgingen. So ähnlich hatte es auch in dem Kinderkrankenhaus ausgesehen, in dem Marion einmal gewesen war. Sogar Spielsachen lagen auf dem Gang herum: bunte Bälle, Gummimäuse und ein paar Wollknäuel.

Die Tierpflegerin blieb verärgert stehen. »Ich hatte doch gesagt, die sollen das wegräumen!«, schimpfte sie. Sie rief nach einigen ihrer Angestellten, erhielt aber keine Antwort. Offenbar war gerade niemand da.

Die Tierpflegerin ging weiter und Marion konnte einen Blick hinter die Türen links und rechts werfen. In den Zimmern waren entlang der Wände zahllose Käfige nebeneinander aufgestellt, in denen jeweils eine Katze lag. In der Mitte stand ein großer Kratzbaum, der fast bis zur Decke reichte. Auf dem Boden lag noch viel mehr Spielzeug als auf dem Flur. Schnell checkte Marion die Käfige ab. Klecks war nicht dabei.

»Wie kommen die Katzen denn an all das Spielzeug und den Kratzbaum, wenn sie eingesperrt sind?«, wunderte sich Tobias.

»Wir lassen sie zu bestimmten Zeiten raus«, antwortete die Tierpflegerin. »Aber immer nur Katzen, die sich vertragen. Der Kater da …« Die Tierpflegerin zeigte auf einen mächtigen schwarzen Kater, »… darf auf keinen Fall zeitgleich mit dem und dem …«, jetzt zeigte sie gegenüber auf einen roten und einen getigerten Kater, »… hinaus. Das gibt Mord- und Totschlag!«

Marion blieb jetzt doch kurz stehen und wunderte sich. Sie hatte mal versucht, Klecks in einen Katzentragekorb zu bekommen, um sie zum Tierarzt zu bringen. Marion hatte es nicht geschafft. Es war aussichtslos gewesen.

Tobias stellte für sie die Frage.

Die Tierpflegerin lachte. »Ich bekomme jede Katze in ihren Käfig. Das ist reine Übungssache! Aber hier ist eure Katze bestimmt nicht!«, rief sie ihnen zu. »Der Teil ist nicht für Heimtiere, sondern für Hotelgäste!«

»Hotelgäste?«, wiederholte Tobias.

Die Tierpflegerin nickte. »Ja, wenn jemand verreist, kann er hier seine Katze unterbringen. Ein Katzenhotel.«

»Ein Katzenhotel!«, wiederholte Tobias lachend. »Gibt's auch einen Pool?«

»Für die Katzen nicht«, antwortete die Tierpflegerin ernst. »Für die Hunde haben wir einen kleinen, künstlich angelegten Tümpel zum Plantschen und Spielen!«

Tobias verschlug es die Sprache. Damit hätte er niemals gerechnet!

Die Tierpflegerin war schon wieder weiter vorangegangen.

»Hier!«, rief sie und zeigte in einen Raum hinein.

Marion hielt es nicht mehr aus. Sie rannte los, sauste um die Ecke in den Raum, in dem es schon nicht mehr so komfortabel aussah wie in dem Katzenhotelzimmer. Hier standen die Käfige nicht nur neben- sondern auch übereinander. In der Mitte des Raumes stand kein Kratzbaum, sondern dort war gerade mal Platz für einen schmalen Gang zwischen den Käfigen, der hinaus zu einer Hintertür führte.

In diesem Heimteil der Anlage hatten die Katzen zum Spielen und Auslaufen nur einen großen gemeinschaftlichen Raum, zu dem es aus den verschiedenen Käfigzimmern jeweils einen Zugang gab.

Niemals hätte sich Marion träumen lassen, dass in dem Tierheim so viele Katzen lebten.

Die Tierpflegerin erkannte Marions verwunderten Blick und antwortete ihr darauf: »Es ist wirklich unfassbar, wie viele Menschen ihre Tiere aussetzen!«

Marion sah die Tierpflegerin mit entsetztem Blick an.

Die Tierpflegerin nickte. »Die Leute wollen erst ein Tier haben, dann ist es ihnen zu viel Arbeit, sich darum zu kümmern. Die Sterilisation ist ihnen zu teuer und schwupps, haben sie nicht nur eine, sondern plötzlich sechs oder sieben Katzen. Manche kommen dann zu uns, aber wir können die nicht alle aufnehmen. Dann werden die Tiere einfach ausgesetzt und landen somit schließlich doch irgendwie hier.«

Besonders zu Urlaubszeiten platze das Tierheim aus allen Nähten, berichtete die Tierpflegerin. Viele Leute wollten kein Geld für ein Katzenhotel ausgeben; Freunde oder Verwandte, die ein Tier in Obhut nehmen könnten, haben sie auch nicht, also werden die Tiere kurzerhand an der nächsten Raststätte sitzen gelassen.

Tobias und Marion konnten es nicht fassen. Niemals würde Marion so etwas mit Klecks tun.

Klecks!

Die Tierpflegerin trat einen Schritt beiseite und jetzt sah Marion ihre Katze. Ganz unten, im letzten Käfig der rechten Seite, hockte Klecks schüchtern und verängstigt in der hintersten Ecke ihres Käfigs. Sie sah furchtbar aus: struppig, ihr Fell schien viel dunkler zu sein als sonst, der schwarze Fleck auf der Nase wie verrutscht und die Augen ganz blass. Die arme Klecks!

Marion lief zum Käfig, presste ihr Gesicht so weit es ging durch die Gitterstäbe, um ihre geliebte Katze zu begrüßen, doch die Tierpflegerin ging sofort dazwischen.

Es war nicht erlaubt, so nah an die Käfige heranzugehen und Finger, Hände oder Nasen durch die Gitterstäbe zu stecken. Zu gefährlich. Deshalb stand es so in der Tierheimordnung.

Zu gefährlich?, fragte sich Marion. Klecks war ihre Katze! Was sollte da gefährlich sein, ihr nahe zu kommen?

Doch die Tierpflegerin hatte da so ihre Erfahrungen. Tiere im Heim stehen unter großem Stress. Trotz aller Bemühungen, es ihnen so gut wie möglich gehen zu lassen, sind sie gefangen in einer fremden Umgebung, mit fremden Tieren und Menschen. Die Tiere sind ständig auf der Hut, befürchten jeden Moment Schlimmstes. Und nicht selten haben sie ja auch lange Zeiten mit dunkelsten Erfahrungen hinter sich.

»Warte!«, sagte die Tierpflegerin und zog Marion sanft von dem Käfig fort. »Ich hole sie für dich heraus.«

Widerwillig trat Marion einen Schritt zurück und beobachtete, wie die Tierpflegerin Klecks mit einem gezielten Griff in den Nacken aus dem Käfig zog. Klecks zappelte und miaute vor Angst. Für Marion war das kein Wunder. Klecks hatte sich noch lange nicht an die Tierpflegerin gewöhnt. Es wäre eben doch besser gewesen, wenn sie ihre Katze aus dem Käfig geholt hätte.

Marion streckte ihre Arme aus, um Klecks in Empfang zu nehmen.

Die Tierpflegerin wollte sie ihr reichen, doch Klecks fauchte, spreizte alle vier Beine und zeigte Krallen.

»Nanu?«, wunderte sich die Tierpflegerin. »Weshalb hat sie Angst vor dir?«

Misstrauisch beäugte die Tierpflegerin Marion, als ob diese früher sonst was mit der Katze angestellt hätte.

Die Tierpflegerin nahm Klecks nun selbst in den Arm, streichelte sie und sprach beruhigend auf sie ein.

Marion war es entsetzlich peinlich. Was war denn

nur mit ihrer Katze los? Sie trat dicht an die Katze heran, streckte ihre Hand aus, um Klecks hinter dem linken Ohr zu streicheln. Dort mochte Klecks es am liebsten.

Wieder schreckte die Katze zurück.

Und jetzt sah Marion es: Vorn am weißen Hals der Katze, direkt unter dem Kinn, entdeckte Marion einen kleinen braunen Fellfleck. So einen hatte Klecks nicht! Aber darüber hinaus sah die Katze genauso aus wie Klecks. Eine Glückskatze, dreifarbig gescheckt, mit einem schwarzen Fleck auf der Nase, als hätte sie zu tief ins Tintenfass geschaut, was ihr auch den Namen »Klecks« eingebracht hatte. Genau wie Klecks. So etwas gab es doch nicht zweimal. Das war doch nicht möglich!

Aufgeregt gestikulierte Marion und Tobias übersetzte: »Das ist nicht Klecks!« Entsprechend verblüfft fügte er hinzu: »Obwohl sie wirklich genauso aussieht!«

»Was sagt ihr da?«, fragte die Tierpflegerin. »Wirklich nicht? Ihr erkennt eure eigene Katze nicht?«

Die Tierpflegerin rümpfte noch mehr die Nase. Und Marion war es noch peinlicher. Sie ahnte, was die Tierpflegerin von ihr hielt: ein Kind, das irgendwann mal eine Katze hatte haben wollen, sich nie um sie gekümmert, sie vielleicht sogar gequält hat und nun behauptet, die Katze gehöre gar nicht ihr.

So wie die Leute, die ihre Tiere an der Autobahnraststätte aussetzten.

Marion wusste nicht, wie sie die Tierpflegerin vom Gegenteil überzeugen sollte. Es war wirklich unglaublich, dass sich zwei Katzen derart gleichen konnten.

Doch in dem Augenblick kam eine weitere Tierpflegerin den Flur entlang. Zuerst schaute sie vom Flur aus nur beiläufig in den Raum hinein, doch als sie die beiden Kinder und ihre Kollegin mit der Katze in der Hand sah, blieb sie stehen, betrat den Raum und grüßte freundlich: »Hallo. Ach, ihr interessiert euch auch für den Zwilling?«

Alle drei Augenpaare starrten die Tierpflegerin an.

»Zwilling?«, wiederholte Tobias.

Und auch die Tierpflegerin mit der Katze auf dem Arm staunte nicht schlecht. »Wieso Zwilling, Maria?«, fragte sie ihre Kollegin.

Tierpflegerin Maria lachte: »Ja, stellt euch vor: Wir hatten hier zwei verschiedene Katzen, die sich glichen wie ein Ei dem anderen. Eindeutig Zwillinge. Obwohl sie unabhängig voneinander hierherkamen. Und sich leider auch nicht vertrugen! Deshalb haben wir die Schwester einzeln weggegeben.«

»Davon wusste ich ja gar nichts!«, wunderte sich die Tierpflegerin mit der Katze auf dem Arm.

Maria lachte weiter. »Nein, du bist ja auch hauptsächlich für die Hunde zuständig, Katja!«

Tobias staunte noch immer und war sprachlos.

Nur Marion war wie elektrisiert. Hatten die anderen nicht gehört, was Maria gesagt hatte? *»Die Schwester einzeln weggegeben!«* Mit anderen Worten: Klecks war hier gewesen!

Professor Barriga

Kambu saß fest. Es hatte eine Zeit gedauert, ehe er es vollständig begriffen hatte, aber dann hatte ihn die Erkenntnis umso härter getroffen. Er hatte die Strapazen einer fast dreitausend Kilometer langen Flugreise auf dem Rücken einer Gans auf sich genommen, um seine Menschenfreundin Marion zu besuchen. Und nun saß er fest. Dümmer hätte es kaum kommen können.

Die zwei Mücken im Terrarium hatten sich mittlerweile beruhigt. Offenbar wollte das Chamäleon sie tatsächlich nicht fressen. Statt vor Kambu zu fliehen, hatten sie sich auf dem Baumast niedergelassen und überlegten mit ihm gemeinsam, wie man diesem Glaskasten entfliehen konnte.

»Ich wüsste, wer uns hier herausholen kann!«, warf der Floh ein, der zunächst auf Kambus Rücken gesessen hatte. Doch Kambu hatte sich schon bald über einen starken Juckreiz beschwert und Floh Rian hatte sich einen anderen Platz suchen müssen. Jetzt saß er zwischen den Mücken auf dem Ast und musste aufpassen, von den anderen nicht ständig übersehen zu werden.

»Und wie?«, fragte Kambu nach. Er hatte das

ganze Terrarium abgesucht, aber ebenso wenig wie die Mücken einen Ausgang gefunden.

»Professor Barriga!«, antwortete der Floh.

Kambu schaute den Floh mit beiden Glupschaugen an. »Willst du uns veralbern? Menschen haben uns hier eingesperrt, da wird kein Mensch uns hieraus befreien!«

Innerlich verbesserte sich Kambu selbst. *Einen* Menschen kannte er, der ihn hier herausholen würde. Aber dieser Mensch war für Kambu unerreichbar weit entfernt.

Der Floh kicherte und hüpfte fröhlich zwischen den beiden Mücken hin und her.

»Was ist daran so witzig?«, wollte Kambu wissen.

»Was sagt er?«, fragten die Mücken.

Kambu seufzte. Immer das Gleiche: Da die Tiere sich untereinander nicht verstanden, musste Kambu stets übersetzen. So wurden die Unterhaltungen für ihn immer sehr, sehr anstrengend, weil er alles zwei- oder dreimal wiederholen musste. Aber anders war ein Gespräch zwischen zwei Mücken und einem Floh nicht möglich.

Also wiederholte Kambu geduldig, was der Floh gesagt hatte, in der Mückensprache und die Antwort der Mücken in der Flohsprache. Kambu war froh, dass sich nicht noch weitere Tiere hier im

Terrarium befanden. Ein Regenwurm womöglich oder ein paar Ameisen.

»Professor Barriga ist doch kein Mensch!«, amüsierte sich Rian, der Floh. »Aber er ist groß, mächtig, dick und stark. Er könnte einfach die Scheiben eindrücken und schon könntet ihr hinaus.«

»Ihr?«, fragte Kambu.

»Natürlich!«, sagte der Floh und zeigte hinauf. Damit genügend Luft in den Glaskasten gelangte, war das Terrarium nicht mit einer Glasscheibe abgedeckt, sondern nur mit einem Gitter und einem Mückennetz verschlossen. Undurchdringlich für die Mücken, und für ein Chamäleon sowieso. Ein Floh aber passte spielend durch das Netz.

»Das ist doch eine gute Idee!«, fand Kambu. »Du schlüpfst durch das Netz, holst Professor Barriga und er befreit uns!«

Kambu sagte alles noch mal in der Mückensprache. Auch sie waren von der Idee begeistert.

»Es wird nicht ganz einfach«, entgegnete der Floh. »Barriga darf zwar überall herumlaufen. Aber er ist sehr unbeweglich. Ich bin mir nicht sicher, ob er es schaffen wird, das Terrarium zu öffnen!«

»Ach!«, machte Kambu. »Die meisten Hunde sind doch recht geschickt!«

»Hund?«, lachte Rian. »Du glaubst, Barriga wäre ein Hund?«

Kambu nickte. Was denn sonst? Rian war schließlich ein Hundefloh.

Floh Rian kreischte vor Vergnügen. »Aber er ist doch kein Hund!«

Rian war zu klein, dass Kambu es wirklich erkennen konnte, aber er hatte den Eindruck, Rian schüttelte sich vor Lachen.

»Was ist dieser Professor denn sonst für einer?«, hakte Kambu nach. Allmählich wurde er ärgerlich.

»Professor Barriga ist ein ausgewachsenes, dickes, fettes Hängebauchschwein!«

Eine schreckliche Verwechslung

Maria war es höchst unangenehm, aber es gab keine andere Erklärung: Sie hatte die beiden Katzen verwechselt. Klecks' unbekannte Zwillingsschwester hatte weggegeben werden sollen, stattdessen hatte Maria Klecks einem neuen Zuhause zugeführt.

Tierpflegerin Katja zuckte mit den Schultern. »Es ist nicht schön und für uns auch peinlich. Aber es nützt nichts. Wir rufen den neuen Besitzer an und teilen ihm die Verwechslung mit. Er muss deine Klecks zurückgeben und erhält die Zwillingsschwester. Wirklich sehr unangenehm!«

Katja runzelte sorgenvoll die Stirn, während sie das sagte. Maria hatte immer noch rote Ohren wegen ihres Fehlers. Entschuldigend und bedauernd schauten sie Marion an.

Marion nickte verständnisvoll. Jeder machte mal einen Fehler. Hauptsache, sie würde Klecks wiederbekommen. Auch wenn Marions Geduld ein weiteres Mal auf eine harte Probe gestellt wurde.

Die arme Klecks würde sicher auch ganz verwirrt sein. Erst hatte sie sich verlaufen, dann war sie in einem Tierheim gefangen und nun auch noch zu fremden Leuten weggegeben worden. Klecks würde sicher genauso froh wie Marion sein, wenn sie endlich wieder zu Hause war.

Marion und Tobias liefen Katja und Maria hinterher ins Büro, von wo aus Katja die neuen Besitzer anrufen wollte.

Katja suchte die Telefonnummer heraus, wählte – und schaute bedauernd in die Runde. »Das Telefon ist umgeleitet auf ein Handy. Und das Handy ist ausgeschaltet!« Wie zum Beweis hielt sie den Hörer in den Raum, damit alle die Ansage hören konnten, dass die gewählte Nummer zurzeit nicht erreichbar war.

»Ich versuche es später noch mal!«, versprach Katja.

Doch so lange wollte Marion auf keinen Fall warten. Sie wollte die neuen Besitzer persönlich aufsuchen. Und zwar sofort.

Katja und Maria sahen sich an. Es war nicht nur nicht üblich, es war auch nicht erlaubt, Adressen an Dritte weiterzugeben. Außerdem wollten sie die Verwechslung selbst regeln. Andererseits fühlten sie sich in Marions Schuld. Es war schließlich ihr Fehler gewesen.

Mit einem tiefen Seufzer stimmten die beiden Tierpflegerinnen schließlich zu und schrieben Marion Namen und Adresse der neuen Besitzer auf.

Kurz darauf stand Marion zwischen zwei Häusern mitten auf der Straße und las verzweifelt den Zettel in ihrer Hand. *Königstraße 14* stand darauf. Unmissverständlich! Nummer vierzehn!

Das Haus links von ihr trug die Hausnummer 12, das benachbarte Haus rechts die Hausnummer 16. Dazwischen hätte die 14 sein müssen. Aber statt einem Haus war dort ein Parkplatz. Parkplätze hatten keine Hausnummern und dort wohnte auch niemand. Oder? Selbst diese Möglichkeit wollte Marion nicht ganz ausschließen. Vielleicht lebte jemand in einem Wohnwagen oder einem Wohnmobil?

Doch außer einem roten Kleinwagen und einer silbernen Limousine stand kein weiteres Fahrzeug auf dem Platz. Nur ein kaputter Einkaufswagen lag noch hinten in der Ecke, das war's. Der Parkplatz war leer.

Tobias nahm Marion den Zettel aus der Hand und las auch noch einmal die Hausnummer. Es stimmte: Dort stand Hausnummer 14.

»Die haben das falsch in ihren Computer getippt«, vermutete Tobias. »Das heißt, es kann jedes Haus in der Straße sein!«

Marion sah die Straße hinab. Die Königstraße war, wie ihr Name vermuten ließ, sehr lang. Könige gaben sich nicht mit kleinen Straßen ab.

»Ich glaube, es geht mindestens bis Hausnummer 100.« Ratlos kratzte Tobias sich am Kopf. Man konnte unmöglich die gesamte Straße Haus für Haus ablaufen, an jeder Tür klingeln und fragen, ob die Bewohner vielleicht zufällig gestern eine Katze aus dem Tierheim zu sich geholt haben.

»Wie ist denn der Name?«, fragte Tobias und schaute noch mal auf den Zettel.

»Zacharias«, las er.

Kaum hatte er es ausgesprochen, sah er Marion an. Marion blickte lächelnd zurück. Sie hatten beide die gleiche Idee: das Telefonbuch.

Hastig sahen sie sich nach einer Telefonzelle um. Seit jeder Mensch ein Handy in der Tasche trug, gab es kaum noch Telefonzellen. Die wenigen, die es gab, waren kaum zu erkennen. Es waren keine kleinen gelben Häuschen mehr, wie sie früher mal gewesen sein mussten – Tobias und Marion kannten die nur noch aus Erzählungen –, sondern unscheinbare graue Säulen, an denen Telefone angeschraubt waren. Die dazugehörigen Telefonbücher fehlten meistens entweder ganz oder waren durch Wind, Wetter und übermutige Blödmänner zerfleddert. Trotzdem war es einen Versuch wert.

In dem Teil der Straße, durch den sie gekommen waren, hatte es keine Telefonsäule gegeben. Also rannten sie die Straße weiter hinunter.

Und wenn sie schon die Straße abgingen, konnten sie ebenso gut auf einige Namensschilder achten, fand Marion.

So liefen sie die Königstraße hinunter, Hauseingang für Hauseingang, ohne ein Namensschildchen zu entdecken, auf dem »Zacharias« stand.

Aber Tobias fand an der nächsten Straßenkreuzung tatsächlich eine Telefonsäule. Das Glück blieb ihnen hold, denn unter dem Telefon lag ein halbwegs intaktes Exemplar des Telefonbuchs mit den Buchstaben L bis Z.

Schnell blätterte Marion es durch und fand eine ganze Seite mit dem Eintrag »Zacharias«!

Marion fuhr mit dem Zeigefinger die einzelnen Namen entlang und las die Straßen.

Es war keine Königstraße dabei.

Allerdings gab es fünf Einträge ohne Adresse. Es konnte sein, dass ausgerechnet einer der fünf in der Königstraße wohnte. Das aber hieß, sie mussten alle fünf Einträge anrufen.

Marion suchte in ihrer Hosentasche nach Kleingeld. Tobias winkte gleich ab. Er hatte kein Geld dabei. Nicht einmal einen »Notgroschen«, wie seine Mutter es nannte. Er bestand aus zwei 50-Cent-Münzen, die sie Tobias in der Regel mitgab, wenn er das Haus verließ. »Dann kannst du zur Not jemanden anrufen!«, sagte sie.

Tobias entgegnete jedes Mal, dass er mit seinem Handy »zur Not« viel besser jemanden anrufen konnte, aber seine Mutter war beruhigter, wenn er das Geld bei sich hatte. Meistens kaufte sich Tobias davon zwei Lakritzstangen. So auch diesmal. Statt der Münzen zog er eine Lakritzstange aus der Hosentasche. Die andere hatte er schon auf dem Weg zu Marion gegessen. Sein Handy zu benutzen war ihm zu teuer. Marion fand drei 20-Cent-Münzen in ihrer Tasche. Wenn sie ihre Gespräche kurz fassten, reichte es für vier Anrufe.

Gespannt saß Kambu an der Scheibe seines Terrariums und versuchte, so viel wie möglich von dem zu erkennen, was draußen geschah. Es hatte keinen Sinn. Das Hängebauchschwein war in einem ganz anderen Gebäude untergebracht. Kambu konnte nicht einmal die Ausgangstür des Hauses sehen, in dem sein Terrarium untergebracht war. Außerdem hatte er keine Ahnung, wie lange der Floh von hier zum nächsten Gebäude benötigen würde. Und ob der Floh den Weg überhaupt schaffen würde. Und wenn er ihn schaffte, ob er sich mit dem Hängebauchschwein auch irgendwie unterhalten konnte. Und selbst, wenn das Schwein den Floh verstand, war noch unklar, ob es kommen wollte.

Doch der Floh schien bereit zu sein, sein Bestes zu geben. Das hoffte Kambu jedenfalls. Eigentlich hatte Rian gar keinen Grund, Kambu zu helfen. Rian war klein genug. Er konnte hüpfen, wohin auch immer er wollte. Der Ausbruchsversuch aus dem Terrarium konnte ihm vollkommen gleichgültig sein. Aber vielleicht war dem Floh auch einfach nur langweilig und es machte ihm Spaß, sich an einem Abenteuer im Tierheim zu beteiligen.

Rian brauchte eine ganze Zeit lang, ehe er den Stall von Professor Barriga erreicht hatte. Professor Barriga wohnte schon lange hier im Tierheim. Es klang verrückt, aber es stimmte. Einst hatte man das Hängebauchschwein auf einer Verkehrsinsel gefunden. Zwischen Verkehrsschildern und einer Litfaßsäule war es ausgesetzt worden. Mitten in der Stadt. Ein Stadtbewohner konnte es schlecht mit in seine Wohnung nehmen. Auch auf den umliegenden Bauernhöfen wollte es niemand haben, und so hatten die Tierpfleger es in ihr Heim geholt und dem Schwein sein eigenes kleines Häuschen gebaut. Mittlerweile wollten die Tierpfleger es auch gar nicht mehr loswerden. Es gehörte sozusagen zur Einrichtung und war zum Erkennungszeichen des Tierheimes geworden. Viele Besucher kamen nur, um das

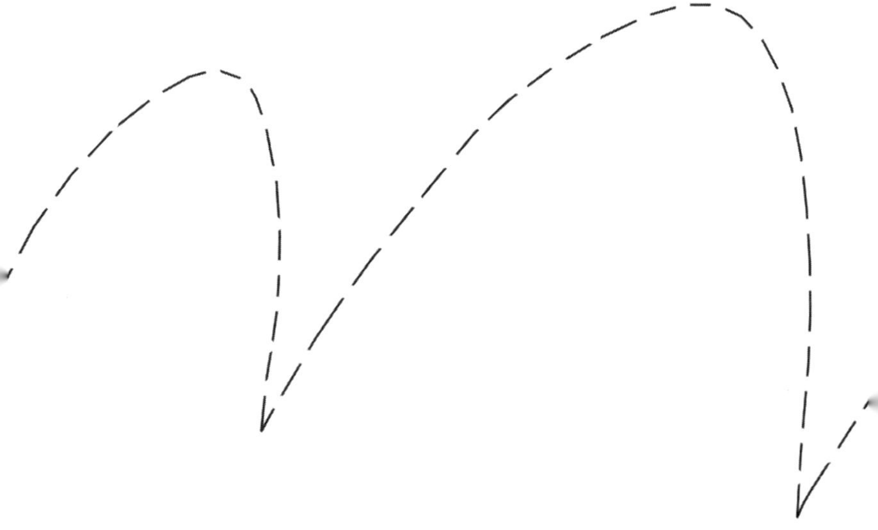

Hängebauchschwein Hermann zu sehen. So mancher Besucher nahm dann schließlich doch eine Katze, ein Meerschweinchen oder einen Hund mit nach Hause und so tat Hängebauchschwein Hermann allein durch seine Anwesenheit für manche Tiere etwas Gutes.

Hermann war der Name, den die Menschen dem Hängebauchschwein gegeben hatten. Aber selbst nannte es sich Barriga. Denn es behauptete, in Spanien geboren worden zu sein, wo man ihm diesen Namen gegeben hatte.

So schwer die Unterhaltung unter den verschiedenen Tierarten auch war, den Namen hatten sie alle mitbekommen. Denn eines war allen Tieren in diesem Tierheim gemein: Sie alle hatten irgendwann bei Menschen

gewohnt, waren von Menschen ernährt und erzogen worden. Und letztlich war es ja noch immer so. Auch im Tierheim waren alle Tiere davon abhängig, von den Tierpflegern versorgt zu werden. Deshalb war es für alle Insassen des Tierheims schon immer wichtig gewesen zu verstehen, was die Menschen von ihnen erwarteten. So hatten sie alle mit der Zeit die Menschensprache gelernt. Sie konnten sie nicht so sprechen wie die Menschen, weshalb es auch nicht möglich war, sich mit den Menschen zu unterhalten. Aber sie konnten die Menschensprache verstehen, und manche von ihnen hatten es sogar geschafft, den Menschen auf die ein oder andere Art und Weise etwas mitzuteilen. Ein Hund zum Beispiel brauchte nur mit dem Schwanz zu wedeln und der Mensch glaubte, der Hund freue sich. Eine Katze schnurrte und der Mensch glaubte, sie fühlte sich wohl. Barriga brauchte nur zu seinem Futternapf zu laufen und ihn mit der Schnauze umzustoßen und schon kam ein Tierpfleger und füllte etwas nach.

Professor Barriga lebte schon fünf Jahre im Tierheim und studierte heimlich die Menschensprache. Dazu hatte er alte, zerrissene Zeitungen und Zeitungsausschnitte, die über die Jahre mal irgendwo liegengeblieben waren, gesammelt. Und eines Tages war er auf die Idee gekommen, es wie mit dem Futternapf zu machen. Barriga hatte mit seiner fetten Schnauze eine alte Zeitungsseite zu einem Ball zusammengerollt und ihn in seinem Stall vor sich hergetrieben. Die Tierpfleger fanden das so niedlich, dass sie – jedes Mal, wenn Besuch kam – dieses »putzige Kunststückchen« *ihres Hängebauchschweins Hermann* vorführten. Auf diese Weise bekam Barriga immer neue Zeitungen, die er, kaum, dass die Tierpfleger und der Besuch um die Ecke verschwunden waren, fein säuberlich auseinanderfaltete und aufbewahrte. Auf diese Weise hatte Barriga sich ein beachtliches Archiv an alten Zeitungen in seinem Stall zusammengesammelt und sie studiert. Der Erfolg: Mittlerweile konnte Barriga die menschliche Sprache lesen!

So wusste er oft, was im Tierheim los war und mit welchen Veränderungen oder Plänen die Tiere zu rechnen hatten. Denn natürlich konnte Barriga jedes Papier, das im Tierheim in Umlauf war, entziffern.

Aus Barriga war schon bald *Professor Barriga*, der heimliche Chef des Tierheims, geworden. Nur für die Menschen war Barriga einfach das Hängebauchschwein Hermann.

Floh Rian war nicht von Menschen erzogen worden. Er hatte zwar mal irgendwann etwas von einem Flohzirkus gehört, aber nie einen gesehen. Normalerweise beschäftigten sich Menschen nicht mit Flöhen. Sie vernichteten sie nur. Deshalb musste Rian höllisch aufpassen, nicht von einem Tierpfleger vergiftet zu werden. Von der Menschensprache verstand er nichts. Aber von der Hundesprache. Schließlich hatte er sein ganzes Leben im Fell von Hunden verbracht.

Auf diese Weise konnte Rian sich mit Barriga unterhalten. Beide beherrschten die Hundesprache. Wenngleich Rian natürlich sehr dicht an Barriga herangehen musste, damit der dicke Koloss das kaum hörbar gepiepste Bellen des Flohs verstand.

Also musste Rian es irgendwie schaffen, Barriga dazu zu bewegen, Kambu zu befreien. Genau da begann das Problem. Denn Barriga war eben ein Hängebauchschwein und somit ungeheuer fett. Sein Bauch schleifte auf der Erde, seine Stummelbeine waren viel zu kurz für seinen massigen Körper, kurzum: Barriga bewegte sich gar nicht gern.

Rian hockte auf dem Zeitungsstapel, vor dem Barriga gerade saß und eine neue Zeitung studierte.

»HEY! BARRIGA! HALLO!«, rief Rian so laut er konnte.

Doch Barriga hörte nicht. Dabei hätte er ihn unbedingt hören müssen. Kambu hatte ihn ja auch gehört.

Aber Barriga war vertieft in seine Zeitung und murmelte beim Lesen immer etwas vor sich hin, das Rian nicht verstand. Er hüpfte vom Zeitungsstapel hinüber auf die Zeitung, die Barriga gerade las, von dort das kurze, rechte Vorderbein hinauf bis Rian endlich in Barrigas Ohr saß und so laut brüllte wie ein Floh nur brüllen konnte.

»HAAAALLLOOOO!«

Barriga sah kurz auf, sah niemanden – und las weiter.

»Tut mir leid!«, sagte Rian. »Dann muss ich andere Saiten aufziehen!« Und biss Barriga ins fleischige Ohr.

Barriga zuckte kurz zusammen und schüttelte seinen Kopf. Als das Jucken in seinem Ohr nicht nachließ, schleppte er sich zur Wand seines Stalls und schubberte sein Ohr daran. Schnell verschwand Rian in den Gehörgang, um nicht an der Wand zerquetscht zu werden.

In dem Moment betraten Marion und Tobias das Tierheim.

Nur ein Scherbenhaufen

Marion und Tobias gingen schnurstracks ins Büro.

Maria schrieb gerade etwas und sah zu den Kindern auf: »Und?«, fragte sie.

Tobias schilderte, was ihre Suche erbracht hatte. Einen Zacharias gab es in der Königstraße nicht.

Verwundert sah Maria sofort in der Adressendatei ihres Computers nach. Jeder, der sich ein Tier aus dem Tierheim holte, wurde hier erfasst.

»Seltsam!«, fand Maria. »Die Adresse stimmt. Wir lassen uns doch immer die Ausweise zeigen. Vielleicht sind die umgezogen?«

Das alles war Marion recht egal. Sie wollte ihre Klecks zurück!

Maria griff zum Telefon und wählte wieder die Nummer, die in der Datei angegeben war. Doch diesmal erhielt sie nur die Ansage »Kein Anschluss unter dieser Nummer!«

Jetzt wurde auch sie stutzig.

»Da muss ich mal Katja fragen«, grübelte sie.

In dem Moment schlug die Tür des Büros auf und Katja stand im Zimmer. Aber nicht, um Marias Fragen zu beantworten.

»Schnell!«, rief sie. »Ins Terrarium!«

Katja ließ keinen Zweifel, wie dringend es war. Sofort rannte sie weiter.

Maria sprang auf und folgte ihr.

Tobias und Marion sahen ihr verblüfft nach. Was war mit Klecks?

»Später, Kinder!«, rief Maria ihnen zu.

Doch Marion dachte gar nicht daran, hier einfach untätig zu warten. Sie tippte Tobias in die Seite und lief hinterher.

Kaum hatten sie das Terrariumhaus betreten, war klar, was geschehen war. Einer der Glaskästen lag zersplittert auf dem Boden.

Maria besah sich das Unglück, und Katja erzählte: »Ich war draußen auf dem Hundeparcours, da hörte ich es nur krachen. Als ich hierherkam, lag der Kasten zerbrochen auf dem Boden und das Chamäleon war weg!«

»Na ja«, versuchte Maria zu beruhigen, »weit kann es ja nicht sein.«

Bei dem Wort *Chamäleon* wurden Marion und Tobias gleichzeitig hellhörig. Sie kannten ein Chamäleon. Aber es war eigentlich nicht möglich, dass Kambu da war. Wie sollte er …

»Ich frage mich, wie das Terrarium herunterfallen konnte«, dachte Maria laut nach. »Das stand doch hier ganz sicher auf dem Tisch. Von selbst konnte das unmöglich fallen. Wir hatten auch keine Besucher.«

Nachdenklich biss sie sich auf die Lippen, eine Erklärung fand sie aber nicht.

Marion und Tobias schauten sich an. Das roch verdammt nach Kambu.

Marion tippte erneut Tobias an und er begriff, was er fragen sollte: »Seit wann haben Sie das Chamäleon?«

Maria drehte sich zu ihm um.

»Was macht ihr denn hier? Ihr solltet doch im Büro warten!«

»Wir können suchen helfen!«, bot Tobias sich geistesgegenwärtig an.

Marion lächelte ihm dankbar und verschwörerisch zu.

Maria zuckte mit den Schultern. »Na schön!«

Und Katja antwortete auf Tobias' Frage: »Das Chamäleon ist erst seit gestern bei uns. Ein älterer Herr hat es beim Spaziergang am Weiher gefunden. Weiß der Himmel, wer dort sein Chamäleon ausführt!« Sie schüttelte verständnislos den Kopf. »Jedenfalls war es völlig geschwächt. Wir hatten schon Angst, es würde sterben! Es war sogar ohnmächtig!«

Marion hielt vor Schreck den Atem an und Tobias wäre beinahe herausgerutscht, dass sie das Chamäleon vermutlich kannten.

»Aber jetzt ist es weg!«, stellte Maria fest. »So schwach kann es also nicht mehr sein!«

Marion atmete auf und wollte nicht noch mehr Zeit verlieren. Sofort begann sie, nach dem Chamäleon zu suchen.

Es ist verrückt, dachte sie. In ihrem ganzen Leben hatte Marion erst zwei Tiere gehabt: Klecks als Hauskatze und Kambu zu Besuch. Nach beiden musste sie nun suchen.

Aber diesmal würde sie erfolgreicher sein als bei der Suche nach Klecks. Denn, wenn es sich wirklich um Kambu handelte,

hatte sie im Vergleich zu den Tierpflegerinnen einen großen Vorteil: Sie kannte Kambu und konnte sich leichter ausmalen, wo er wohl steckte. Noch eines wurde Marion in diesem Augenblick klar: Kambu hatte sich versteckt. Und wenn er sich versteckte, dann hatte er sicher auch seine Gründe. Deshalb war es gut, dass die Tierpflegerinnen noch nichts von Kambu wussten.

Katja und Maria nahmen an, das Chamäleon hätte sich möglicherweise hinter einem der anderen Glaskästen verkrochen. Einen nach dem anderen rückten sie deshalb von der Wand ab, um dahinter nachzusehen.

Tobias kroch auf dem Boden herum und schaute, ob Kambu unter irgendeinem Bord saß.

Marion blieb stehen, betrachtete sich den Raum ganz genau und kam schließlich nur zu einem Schluss: Kambu hatte das Haus verlassen.

Außergewöhnliche Bekanntschaft

»Interessant. Sehr interessant!«, fand Barriga, nachdem Kambu ihm erzählt hatte, wie er ins Tierheim gelangt war. »Ein Chamäleon auf einem Gänserücken. Wirklich außergewöhnlich«, murmelte Barriga vor sich hin.

Eigentlich hatte Kambu sich nur bei ihm für die Befreiung bedanken wollen. Doch Barriga hatte Kambu gleich zu sich in den Stall geholt und ihn dort versteckt.

»Sie werden dich suchen!«, sagte Barriga. »Und die Gefahr ist zu groß, dass dich die Storchenschnäbel holen!«

»Wer?«, fragte Kambu und sah ängstlich zum Himmel hinauf. Aber da war kein Himmel. Da war nur das Dach von Barrigas Stall. Kamen die Störche etwa durch den Eingang marschiert, um Kambu zu fressen? Störche fraßen Frösche, das war bekannt. Da war es auch gut denkbar, dass sie Chamäleons nicht verschmähten. Kambu hätte allerdings nicht gedacht, in einem Tierheim auf Störche zu treffen.

»Was suchst du?«, fragte Barriga als Kambu seine Augen unabhängig voneinander nach hinten, vorn und oben rollen ließ.

»Die Störche!«, gab Kambu zu. »Sind sie schon nah?«

Barriga lachte herzlich. Und wenn ein Hängebauchschwein lachte, war das wirklich ein Ereignis. Der Bauch schwabbelte, das fette Kinn schaukelte, der ganze massige, schwammige Körper schüttelte sich. Dabei stieß Barriga ein Geräusch aus, als ob er akute Atembeschwerden hätte, gleichzeitig hustete und grunzte er, während im Hintergrund ein leichtes Pfeifen zu vernehmen war.

Kambu erschreckte sich und glaubte im ersten Moment, mit Barriga ginge es zu Ende, doch er lachte nur auf hängebauchschweinische Weise.

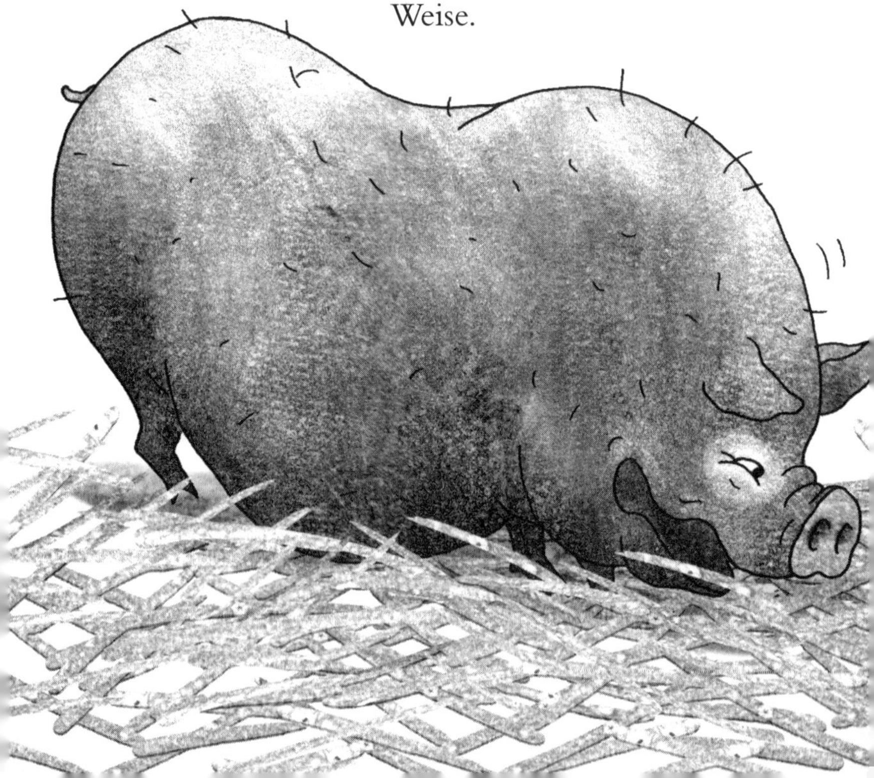

»Storchenschnäbel sind Pflanzen!«, erklärte Barriga.

Wo war Kambu nur hingeraten? Ein Tierheim schien ihm der seltsamste Ort der Erde zu sein: Hängebauchschweine hießen Professor, Pflanzen Storchenschnäbel. Wer sollte sich da noch zurechtfinden? Und wieso sollten Pflanzen Kambu jagen? Denn Barriga hatte Kambu doch versteckt, damit die Storchenschnäbel ihn nicht fanden. Sollte es sich gar um riesige fleischfressende Pflanzen handeln?

Kambu wagte kaum, Barriga danach zu fragen. Es war aber auch nicht möglich, nicht danach zu fragen. Denn schließlich wollte Kambu wissen, wer ihn verfolgte und weshalb.

Die Antwort war – wie Kambu befürchtet hatte – wieder nur ein schnaufendes, grunzendes, pfeifendes, würgendes Hängebauchschwein-Gelächter. Barrigas ohnehin nur kleine Augen verengten sich in der lachenden Grimasse vor lauter Fett zu kleinen, schmalen Sehschlitzen.

Mit dem linken Auge himmelte Kambu genervt zur Decke, mit dem rechten beobachtete er, wann Barriga sich endlich wieder beruhigte. Professor Barriga stieß schließlich ein paar letzte Seufzer aus, dann setzte er erneut zu einer Erklärung an.

Storchenschnabel war nur eine andere Bezeichnung für Geranien. Und Geranien waren ein oft verwendeter Bestandteil in Parfums.

»Parfums?«, fragte Kambu. Was hatte ein Parfum mit seiner Verfolgung zu tun?

»Es waren Menschen hier«, berichtete Professor Barriga. »Verschiedene Menschen, die Tiere abgeholt haben.«

Kambu fand daran nichts Ungewöhnliches. Soweit er es verstanden hatte, war ein Tierheim genau dafür da. Es sammelte verlorene Tiere auf oder nahm nicht mehr gewünschte Tiere entgegen, pflegte und umsorgte sie, bis ein neuer Mensch kam und eines der Tiere zu sich holte.

Professor Barriga nickte. »Natürlich. Das brauchst du mir nicht zu erzählen. Aber diese verschiedenen Menschen gaben verschiedene Adressen an.«

Auch das fand Kambu normal. Die Tiere konnten schlecht alle zu ein und demselben neuen Besitzer umziehen. So viel Platz würde wohl kaum ein einzelner privater Mensch in seiner normalen Wohnung haben.

»Eben doch!«, behauptete Professor Barriga.

Kambu sah ihn erstaunt an.

»Die verschiedenen Menschen mit den verschiedenen Adressen trugen alle dieselben Gerüche an sich«, erläuterte Professor Barriga. »Unter anderem eben ein Parfum, in dem ein starker Anteil an Geranien enthalten ist. Es waren alles Männer und wir sind sicher, dass die Männer selbst das Parfum nicht aufgetragen hatten. Dazu roch es nicht intensiv genug.«

»Wir?«, fragte Kambu nach.

Professor Barriga zog den Kopf ein, was man bei seinem fetten Hals kaum wahrnehmen konnte. Kambu bemerkte es dennoch. Barriga sah sich zu allen Seiten um, als ob ihn plötzlich jemand beobachten würde, und mit einem Mal sprach er auch deutlich leiser. Er flüsterte. Kambu musste sich mit seinem schlechten Gehör sehr anstrengen, um ihn überhaupt noch verstehen zu können.

»Bernhard und Pfiffigunde!«, hauchte Barriga Kambu zu, als würde er soeben das sensationellste Geheimnis der Welt preisgeben.

Kambu konnte mit den Namen nichts anfangen. Waren das Berühmtheiten? Musste man die kennen?

Barriga beruhigte ihn sofort: »Du musst sie nicht kennen. Du bist schließlich neu hier. Aber ich werde sie dir vorstellen, sobald die Gelegenheit dazu ist. Jetzt versteck dich erst einmal.«

Barriga schob Kambu zu seinem Futtertrog, denn es waren deutlich Schritte zu hören. Menschliche Schritte!

Kambu konnte sich nicht wehren. Ehe er sich versah, steckte er schon unter dem Trog. Hier war es schlammig und es stank gewaltig.

»Och nö!«, wollte Kambu gerade protestieren.

»Pst!«, würgte Barriga ihn ab.

Kambu verstummte. Wo war er hier nur hingeraten? Und was war das für ein Geheimnis, von dem Barriga gesprochen hatte?

Endlich zusammen

Zwei Menschenbeine betraten Barrigas Schweinestall. Es waren recht kleine Menschenbeine. Barriga hatte sie zuvor noch nie gesehen. Sie gehörten einem Kind. Vermutlich wieder eine Schulklasse auf Besuch im Tierheim, vermutete Barriga – obwohl es ungewöhnlich war, dass von einer Schulklasse nur ein einziges Kind seinen Stall betrat. Normalerweise strömte mindestens die halbe Klasse zu ihm hinein. Sie zeigten mit dem Finger auf ihn und machten sich lustig über seinen fetten Körper, seine kurzen Beine und seinen hängenden Bauch. Sie ahnten ja nicht, dass Barriga sie verstand. Jedes Wort. Und vermutlich konnte Barriga sogar besser lesen als so mancher von ihnen, die es ja noch lernten.

Außerdem war gar keine Besuchszeit. Die Schulklassen kamen am Vormittag. Einzelne Besucher oder kleinere Gruppen nur dienstags und donnerstags zwischen 15 und 17 Uhr. Die Menschen waren da sehr eigenwillig und mussten so etwas immer streng regeln. Barriga hatte nie verstanden, weshalb sie nicht auch mittwochs um 14 oder Freitags um 16 Uhr jemand besuchen durfte. Es gab eben Geheimnisse bei den Menschen, deren Sinn Professor

Barriga trotz seines intensiven Studiums bisher verborgen geblieben war. Letztendlich waren die Menschen immer noch eine weitgehend unerforschte Art. Zumindest aus der Sicht der Hängebauchschweine.

»Verhalte dich ruhig!«, warnte Barriga noch mal.

Doch Kambu wurde unter dem Trog immer unruhiger. Nicht wegen des Schlamms, auch nicht wegen des Gestanks um ihn herum, sondern wegen des eigenartigen Gefühls, das ihn erfüllte, als das Kind den Stall betrat. Kambu zweifelte keine Sekunde. Ohne das Kind gesehen zu haben, ohne es riechen zu können, weil um ihn herum der Gestank viel zu heftig war, ohne es zu hören, weil das Kind nichts sagte, wusste er doch auf Anhieb, er kannte das Kind. Es war …

»Marion!«, rief Kambu und schaute unter dem Trog hervor.

Marion erkannte die Stimme sofort. Kambu! Wie sie es sich gedacht und erhofft hatte. Er war da! Er war zurück! Nur wo? Marions Herz pochte vor Aufregung wie verrückt. Sie sah sich um, konnte Kambu aber nirgends sehen.

»Hier bin ich!«, rief Kambu und kroch ganz und gar unter dem Trog hervor.

Barriga stand zwischen den beiden und staunte nur.

»Ihr kennt euch?«, fragte er.

»Aber natürlich kennen wir uns. Wegen ihr bin ich doch hierhergekommen!«, antwortete Kambu und rannte so schnell er konnte auf Marion zu. Aber das war immer noch unendlich langsam. Chamäleons konnten sich nun mal nicht schneller bewegen.

»Geh doch mal beiseite!«, rief er Barriga zu.

Marion konnte Kambu nämlich nicht sehen, weil der dicke fette Barriga genau im Weg stand.

Barriga stampfte einen Schritt nach links und da sah Marion Kambu.

Sie stürzte auf ihn zu, ließ sich in den stinkenden Schlamm des Schweinestalls auf die Knie fallen, ohne auf ihre Hose zu achten, nahm Kambu in den Arm, drückte und knutschte ihn.

Kambu freute sich ebenso. Zwar mochte er nicht geknutscht werden und zog deshalb seinen Kopf kurz beiseite. Aber zur Begrüßung fuhr er seine dreißig Zentimeter lange, klebrige Zunge aus und schleckte Marion damit einmal quer übers Gesicht.

Das mochte Marion nun wieder nicht und sie verzog ebenfalls das Gesicht.

Dann lachten sich beide an und waren nur noch selig, endlich wieder beisammen zu sein.

Staunend betrachtete Barriga diese Begrüßungszeremonie und hielt sich eine kleine Weile zurück. Dann aber räusperte er sich und sagte: »Ähem, ich

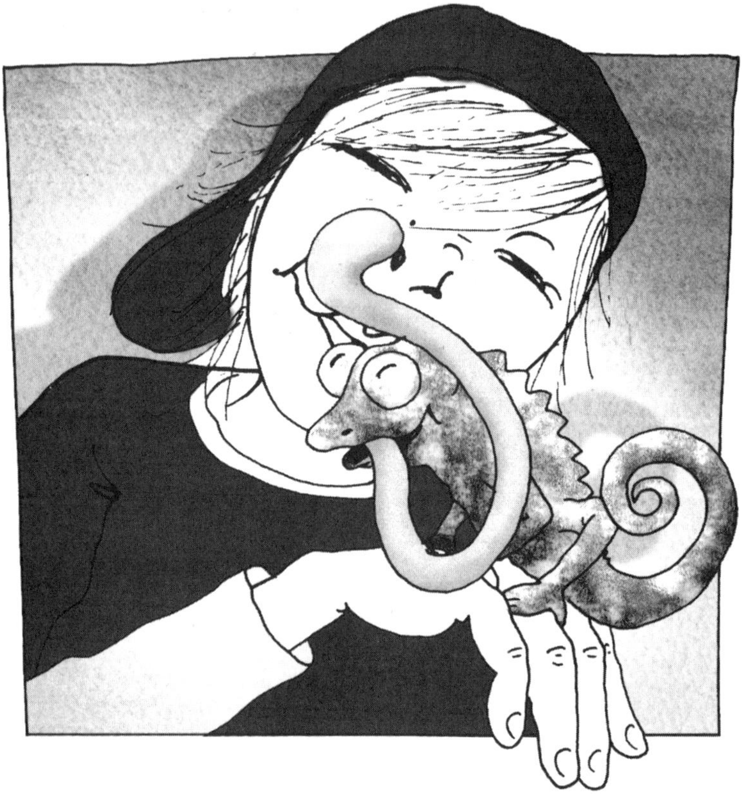

will ja nicht stören. Aber vielleicht erklärst du mir …?«

Kambu machte Marion und Barriga miteinander bekannt. Erst erklärte er Barriga, wer Marion war, anschließend Marion, welchen Verdacht Barriga seit geraumer Zeit hegte: Es kamen verschiedene Menschen aus dem gleichen Haus, um hier im Tierheim unter falschen Namen und falscher Adresse Tiere abzuholen.

»Klecks!«, fiel Marion sofort ein. Kambu übersetzte Marions Gedanken, den sie in Gebärdensprache geäußert hatte, für Barriga.

»Klecks?«, fragte Barriga nach. »Was ist das? Ein malendes Tier?«

Marion lachte, als Kambu ihr die Frage übersetzte und erklärte, wer Klecks war, seit wann sie ihre Katze vermisste, wo und wie sie nach ihr gesucht hatte und dass die im Tierheim hinterlassene Adresse eben nicht existierte.

»Genau wie ich gesagt habe!«, brummte Barriga nachdenklich. »Das ist eine schwierige Angelegenheit. Aber ich denke, so eine wie Marion kommt genau richtig, um uns bei der Lösung des Falles zu helfen!«

»Fall?«, fragte Kambu nach.

Und auch Marion wunderte sich über diesen Begriff.

Barriga machte einen verwunderten Gesichtsausdruck. Das konnten die beiden anderen vor lauter Fett und Falten in Barrigas Gesicht allerdings nicht erkennen.

»Ja, was denkt ihr denn?«, staunte Barriga über die Frage seiner Gäste. »Wir haben es hier mit einem handfesten Kriminalfall zu tun. Und mithilfe von Marion können wir ihn auch lösen, denke ich!«

Der Kriminalfall

Marion glaubte, sich verhört zu haben. Ihre Katze Klecks war deshalb nicht auffindbar, weil sie in einen Kriminalfall verwickelt war? Was war das für ein Kriminalfall? Und wen meinte das Hängebauchschwein mit *wir*? »Mithilfe von Marion können *wir* den Fall lösen«, hatte das Schwein gesagt. Und wieso kümmerte sich ein Hängebauchschwein überhaupt um Kriminalfälle?

Marion fühlte sich überfordert.

Es war ja schon erstaunlich genug, sich überhaupt mit einem Hängebauchschwein zu unterhalten. Jeder, dem sie davon berichtet hätte, hätte sie für verrückt erklärt. Allen voran Maria und Katja, die beiden Tierpflegerinnen. Der Einzige, der Marion glauben würde, weil er Kambu kannte, kam soeben in den Stall.

»Ach, hier steckst du! Ich suche dich schon überall!«, rief Tobias ihr zu.

Marion lächelte ihrem besten Freund entgegen. Und zeigte auf Kambu.

Tobias blieb stehen und staunte.

»Also doch!«, stieß er aus. »Kambu! Wie hat er es geschafft, hierherzukommen?«

Das war eine gute Frage, fand Marion. Sie selbst hatte sie Kambu noch gar nicht gestellt.

Doch Kambu winkte gleich ab. »Das erzähle ich euch später.«

»Was ist hier eigentlich los?«, wunderte sich Barriga. »Wissen alle Menschen, dass du die Menschensprache sprechen kannst?«

»Nein. Um Himmels willen!«, wehrte Kambu ab. »Nur diese beiden!«

Kambu stellte Tobias und Barriga einander vor.

Und Marion ergänzte in der Gebärdensprache die Information über den Kriminalfall, in dem Klecks angeblich steckte. Zumindest, wenn man dem Hängebauchschwein Professor Barriga glaubte.

»Professor?«, fragte Tobias nach. »Wieso heißt ein Hängebauchschwein Professor?«

Kambu übersetzte: »Weil er die menschliche Sprache verstehen und sogar lesen kann.«

Tobias staunte noch mehr.

»Das ist die offizielle Version hier im Tierheim«, ergänzte Barriga.

»Ach?«, stutzte Kambu. »Es gibt noch eine andere Version?«

Barriga nickte, dass das Fett an seinem Hals nur so schwabbelte.

»In Wahrheit bin ich Professor meines Fachgebiets!«

Nun kam auch Kambu aus dem Staunen nicht mehr heraus. Sichtlich verblüfft, übersetzte er den beiden Kindern auch dies.

»Was für ein Fachgebiet denn? Vielleicht Schweinologie?«, wollte Tobias sofort wissen. Dabei lachte er selbst am lautesten über seinen Witz.

»Glücksforschung«, vermutete Marion. Es gab doch so etwas wie Glücksschweine.

Und die Redewendung »Jemand habe Schwein gehabt«, bezog sich ja ebenfalls eindeutig auf die Vorstellung, Schweine würden Glücksbringer sein.

Barriga wehrte die Vermutungen ab wie lästige Fliegen: »Glücksschwein. Papperlapapp!« Er hob stolz den Kopf, drückte seinen Rücken gerade durch, soweit ihm das bei seinem Gewicht möglich war und schnaufte heraus: »Ich bin Detektiv!«

»Ach du großer Gott!«, rief Tobias aus, als Kambu ihm das übersetzt hatte.

»Ein Schwein, das sich für einen Detektiv hält. Na gute Nacht! Und ich dachte schon, er könnte wirklich etwas über Klecks sagen. Komm, Marion, wir gehen besser. Vielleicht ist das Schwein nicht nur verrückt, sondern auch gefährlich!«

Tobias drehte sich um und prallte gegen Katjas Bauch.

»Was macht ihr denn hier?«, fragte Katja verblüfft. »Ihr glaubt doch nicht, dass das Chamäleon vom

Terrarium bis ausgerechnet hierher in Hermanns Stall gelauf…«

Sie unterbrach ihren Satz, weil sie Kambu auf Marions Arm erblickte. Verdutzt stützte sie die Hände in die Hüften und fragte sich laut, wie das Chamäleon wohl in den Schweinestall gekommen sein mochte.

Natürlich beantwortete ihr niemand die Frage. Und selbst wenn es jemand getan hätte, hätte Katja es mit Sicherheit nicht geglaubt.

Marion machte Tobias heftige Zeichen und Tobias wusste, was er Katja fragen sollte: »Marion würde Kam…«, er biss sich auf die Zunge. Beinahe hätte er verraten; dass sie Kambu kannten und mit ihm sprechen konnten. »Marion würde das Chamäleon gern bei sich zu Hause aufnehmen!«

Sowohl für Marion als auch für Tobias war die Frage reine Formsache. Die Tierpfleger waren doch sicher froh über jedes Tier, das ein neues Zuhause geboten bekam.

Doch beide täuschten sich gewaltig. Denn Katja antwortete: »Na, nun mal langsam Kinder. Marion hat doch gerade ihre Katze verloren, oder? Ich denke, es ist besser, sie kümmert sich erst einmal um das eine Haustier richtig, bevor sie schon wieder ein neues will!«

Marion hätte vor lauter Empörung beinahe

Kambu fallen lassen. Das war ja wohl die Höhe! Sie konnte doch nichts dafür, dass Klecks verschwunden war. Fortgelaufen war sie ganz bestimmt nicht. Nirgends hatte Klecks es so gut wie bei ihr zu Hause. Und dann kam diese Katja und behauptete, Klecks wäre vor Marion davongelaufen.

Marion zitterte noch immer vor Wut, als Katja ihr Kambu aus der Hand nahm.

Für einen Moment überlegte Kambu, ob er Katja mit dem Maul zwacken oder vielleicht seine lange klebrige Zunge in ihr Ohr pieksen sollte. Aber dann entschied er sich, lieber keinen Ärger zu machen. Sicher würde das seine Lage eher noch verschlimmern. So ließ er sich widerstandslos auf dem Arm tragen.

»Außerdem«, ergänzte Katja, »ist es noch sehr geschwächt. Und es frisst nicht. Ich vermute, es ist krank!«

»Es ist nicht krank!«, widersprach Marion heftig. Und Tobias übersetzte. Das Problem war ein anderes: »Das Chamäleon frisst keine Insekten!«, erläuterte Tobias.

Katja sah Tobias einen kurzen Moment still an. Dann prustete sie los: »Nein, natürlich nicht! Seine lange Zunge hat er nur zum Lassowerfen im Zirkus!« Sie kicherte bei der Vorstellung über ihren eigenen Witz.

»Doch, wirklich!«, versuchte Tobias ihr klarzumachen.

Doch Katja wurde es nun zu viel: »Chamäleons sind Insektenfresser, hörst du? So wie Giraffen Pflanzen fressen und Tiger Fleisch. Das wäre wahrlich das einzige Chamäleon der Welt, das keine Insekten frisst!«, wies sie Tobias zurecht.

Marion nickte heftig mit dem Kopf.

»Ja, das ist es ja auch!«, übersetzte Tobias. »Weil …« Er verstummte. Er konnte Katja nun schlecht sagen, weshalb Kambu keine Insekten fraß.

»Na, warum …?«, setzte Katja nach.

Tobias biss sich auf die Lippen. Wie sollte er es nur erklären, ohne Kambu zu verraten? Andererseits durfte er es auch nicht darauf beruhen lassen. Sie hatten Kambu Insekten ins Terrarium getan, die er nicht fressen konnte. Etwas anderes zu fressen gab es nicht. Würden sie weiterhin versuchen, ihn mit Insekten zu füttern, würde Kambu elendig verhungern.

Tobias wusste nicht, was er tun sollte.

Marion dagegen handelte. Sie packte Katja am Arm und zog sie mit sich.

Als sie sich auf die Suche nach Kambu gemacht hatte, hatte sie draußen auf dem Hof eine Biotonne gesehen. Es sollte doch mit dem Teufel zugehen, wenn dort nicht …

Marion führte Katja bis zur Tonne, hob den

Deckel und seufzte erleichtert auf. Gleich oben in der Biotonne lag eine alte zermatschte Banane neben vielen anderen Obst- und Gemüseresten. Bananen waren Kambus Lieblingsspeise. Auch, wenn er natürlich frische Bananen bevorzugte. Marion entschuldigte sich dafür, dass sie ihm im Moment nur eine zermatschte, halb verdorbene anbieten konnten. Doch Kambu begriff, was davon abhing und so fraß er die Banane ebenso gierig wie genüsslich. Er hatte tatsächlich großen Hunger.

Katja traute ihren Augen nicht. »Also so was!«, sagte sie. »Das muss ich gleich Maria erzählen!«

Spätestens jetzt war Marion sicher, Kambu mit nach Hause nehmen zu dürfen. Doch wieder täuschte sie sich.

Maria wiegte zwar bewundernd ihren Kopf hin und her als Katja ihr erzählte, wie Marion das Chamäleon gefunden und gefüttert hatte, aber trotzdem war sie nicht bereit, das Tier Marion mit nach Hause zu geben.

»Exotische Tiere sind schwer zu pflegen!«, sagte sie.

Pah!, dachte Marion. Wer hatte denn Kambu das falsche Futter gegeben, sie oder die Tierpflegerinnen?

»Und außerdem suchst du ja noch immer deine Katze!«

Marion nickte mit grimmigem Gesicht. Das brauchte man ihr nicht zu sagen. Wer hatte denn Klecks verwechselt und an jemanden mit einer falschen Adresse abgegeben? Marion hätte am liebsten bockig ihre Arme vor der Brust verschränkt, aber das ging leider nicht, weil sie noch immer Kambu auf dem Arm hielt und ihn weiter mit einer Banane fütterte.

»Aber …«, setzte Maria fort und Marion spitzte die Ohren. »Vielleicht kannst du beweisen, wie gut du mit Tieren umgehen kannst. Wir könnten hier eine fleißige Hilfe brauchen!«

Maria sah zu ihrer Kollegin Katja. Die nickte ihr aufmunternd zu.

»Habt ihr nicht gerade Ferien?«, fragte Maria.

»Fast!«, antwortete Tobias für Marion. »Morgen ist der letzte Schultag, Montag der erste Ferientag!«

»Prima!«, freute sich Maria. »Wenn du willst, kannst du uns hier während der Ferien ein wenig zur Hand gehen. Als Praktikantin sozusagen. Willst du?«

Marion musste nicht lange überlegen. Klecks war verschwunden. Die größten Chancen, sie wiederzufinden, hatte sie hier im Tierheim. Kambu war hier und Marion sah keine andere Möglichkeit, ihm nah zu sein, als hier im Tierheim zu bleiben. So stimmte sie zu, schlug in Marias Hand ein – und machte ein leichtes Zeichen mit dem Kopf zu Tobias.

Maria lächelte. »Du darfst natürlich auch hier helfen!«, sagte sie zu Tobias.

Tobias wollte gar nicht. Er hatte eigentlich seine Ferien genießen wollen: sich ausruhen, herumtoben, spielen, Fahrrad fahren, Schwimmen gehen … was man eben so alles an tollen Dingen in den Ferien unternehmen konnte. Doch ehe er es sich so richtig überlegen konnte, hatte Marion schon für ihn zugesagt.

Na ja, dachte Tobias. Immerhin hatte Professor Barriga doch von einem Kriminalfall gesprochen. Da konnte die Arbeit im Tierheim vielleicht noch höchst spannend werden.

Fünf verrückte Detektive

Am letzten Schultag konnte Marion sich auf nichts konzentrieren. Zum Glück brauchte sie das auch nicht so richtig. Ihre Klassenlehrerin war zu einer »alten Tradition zurückgekehrt«, wie sie es genannt hatte.

Als die Lehrerin selbst noch Kind gewesen war, war ihr in der Schule immer am letzten Schultag vor den Ferien etwas vorgelesen worden. Die Schüler brauchten nichts mit in die Schule zu bringen als ihr Pausenbrot, sie hatten keinen Fachunterricht, mussten nichts lernen und keine Hausaufgaben abgeben. Sie brauchten sich einfach nur gemütlich hinzusetzen und eineinhalb Stunden der Geschichte zu lauschen, die die Lehrerin vorlas. Und genauso machte es die Lehrerin nun in Marions Klasse.

Vor den vergangenen drei Ferien hatte sie es schon so gemacht. Marion liebte seitdem die letzten Schultage, ebenso wie alle anderen in der Klasse auch.

Doch obwohl Marion sich so sehr auf die Geschichte gefreut hatte, konnte sie nicht so richtig zuhören. Ihre Gedanken schweiften immer wieder ab zu Klecks, zu Kambu, ins Tierheim, zum Hängebauchschwein.

Am Ende hatte Marion das Gefühl, die Lehrerin hätte nicht wie immer eine Doppelschulstunde, sondern sechs oder sieben Stunden am Stück vorgelesen. Nicht, weil die Geschichte so langweilig gewesen wäre, sondern weil Marion es so wenig abwarten konnte, endlich ins Tierheim zu gehen.

Tobias neben ihr lag mit dem Kopf ganz entspannt auf dem Tisch, das Gesicht in den Armen vergraben. Als es zum Ende der Stunde läutete, schreckte er hoch. Marion lachte. Tobias neben ihr war tatsächlich beim Zuhören eingeschlafen. Doch jetzt war keine Zeit mehr zum Schlummern.

Marion stieß Tobias in die Seite, sprang auf und drängte darauf, endlich zum Tierheim zu radeln. Doch Tobias musste an diesem Nachmittag zum Kieferorthopäden. Wenn er Pech hatte, bekam er eine Zahnspange verpasst. Er versprach aber, am nächsten Tag ins Tierheim zu kommen, obwohl da Wochenende war.

Als Marion kurz darauf im Tierheim ankam, führte ihr Weg schnurstracks ins Terrarium, wo Kambu schon sehnsüchtig auf sie wartete. Er hatte die erste Nacht allein im Tierheim verbracht. Natürlich wollte Marion sofort wissen, wie es ihm ergangen war.

»Prima!«, antwortete Kambu.

Marion war im ersten Moment enttäuscht, musste sie innerlich zugeben. Sie hatte erwartet, dass Kambu sie ein wenig mehr vermisst hätte. Aber sie sagte nichts.

»Wir hatten eine geheime Versammlung«, berichtete Kambu aufgeregt. »Komm, hol mich schnell hier heraus.«

Marion hatte mit Katja und Maria eine Vereinbarung getroffen. Wenn sie schon das Chamäleon nicht mit nach Hause nehmen durfte, dann durfte sie es wenigstens im Tierheim aus dem Terrarium nehmen und zumindest teilweise mit sich tragen – solange nicht deutlich erkennbar war, dass es dem Chamäleon unangenehm war. Aber das war es Kambu natürlich nicht.

Marion setzte sich Kambu auf die Schulter. So aufgeregt hatte sie ihn lange nicht erlebt.

»Zu Barriga!«, flüsterte Kambu Marion ins Ohr.

Marion war gespannt, welche Überraschung in Barrigas Stall auf sie wartete.

»Habt ihr etwas Neues von Klecks?«, wollte sie wissen.

Kambu antwortete nicht auf ihre Frage. »Wo willst du denn hin?«, fragte er stattdessen.

»Wieso?«, wunderte sich Marion in der Gebärdensprache. »Du wolltest doch zu Barriga!«

»Aber doch nicht in seinem Stall!«, Kambu tat so, als ob Marion das wissen müsste.

»Barriga ist im Innenhof!«

Marion wusste, dass Barriga besondere Freiheiten im Tierheim genoss. Aber ganz offenbar nicht nur er.

Denn Barriga stand nicht allein auf dem Hof. Neben ihm pickten zwei Hühner Körner vom Boden. Zumindest taten sie so, wie Marion schnell feststellte. Kaum war sie in Sichtweite der Hühner, stellte Kambu sie vor: »Hertha und Henriette! Sie erwarten uns schon!«

Marion stutzte. Hatte sie Kambu richtig verstanden? Weshalb sollten zwei Hühner auf sie warten, die gerade dabei waren, Körner zu picken?

»Die picken keine Körner«, stellte Kambu klar. »Die schmieden einen Plan!«

Marion fragte lieber nicht weiter nach. Vielleicht war Kambu die Nacht doch nicht so gut bekommen, wie er behauptet hatte?

Um Barriga zu begrüßen, ging sie dicht an ihn heran und tätschelte ihm den Kopf.

In dem Moment sprangen die Hühner aufgeschreckt auf, gackerten aufgeregt und schlugen mit den Flügeln.

Marion fuhr zusammen. Sie hatte die Hühner nicht erschrecken wollen.

»Du hast sie nicht erschreckt«, erklärte Kambu. »Sie schimpfen, weil du auf ihrem Plan stehst!«

Marion schaute auf den Boden. Sie sah nichts als überall verstreutes Vogelfutter.

»Die Körner sind nicht einfach herumgestreut, sondern gezielt gelegt. Das ist der Plan!«, wiederholte Kambu.

Marion ging in die Hocke und betrachtete die Körner genauer. Sie konnte darin keinen Plan erkennen.

Kambu hingegen zeigte auf einen kleinen Körnerhaufen. Marion musste zugeben, dass es sich tatsächlich um ein kleines Häufchen handelte.

»Das bist du!«, erklärte Kambu.

»Ich?«, fragte Marion verwundert.

Die Hühner gackerten.

Marion wollte wissen, was die Hühner sagten. Es war blöd zu wissen, dass sie alles verstanden, im Gegenzug sie von den Hühnern aber kein einziges Gack begriff.

»Die Heimtiere haben eben alle gelernt, die Menschensprache zu verstehen«, erinnerte Kambu und erläuterte. »Die Hühner haben aber nichts zu dir gesagt. Sie streiten über den besten Plan!«

Marion verstand nicht. Sie dachte, Barriga wäre der schlaue Kopf. Wieso heckten jetzt zwei Hühner einen Plan aus?

Kambu nickte. »Ja, der Generalplan stammt von Barriga. Die Hühner dienen zur Ablenkung, sollen Schmiere stehen und bei Bedarf Alarm geben. Die beiden streiten darüber, wie sie das machen sollen. Es gibt nämlich ein kleines Problem«, räumte Kambu ein.

Marion kratzte sich am Kopf. Das war alles ein bisschen viel auf einmal. Vor ein paar Minuten hatte sie noch nicht einmal gewusst, dass es einen Plan gab. Jetzt, wo er ihr erklärt werden sollte, hatten sie es nicht nur mit einem Hängebauchschwein zu tun, das sich für einen Detektiv hielt, sondern auch noch mit zwei streitenden Hühnern, die offenbar ein Problem miteinander hatten.

»Nicht miteinander«, stellte Kambu richtig. »Aber Hertha hat panische Angst vor Hunden, und Henriette vor Katzen!«

Das klang zwar ein wenig seltsam, fand Marion, aber sie konnte darin kein Problem erkennen. Was hatte das mit Barrigas Plan zu tun? Und was war überhaupt Barrigas Plan?

»Na ja«, sagte Kambu weiter. »Ohne Bernhard und Pfiffigunde können wir den Plan nicht ausführen!«

Bernhard und Pfiffigunde? Wer um alles in der Welt war das schon wieder? Marion kam überhaupt nicht mehr mit. Sie setzte sich zwischen dem Hängebauchschwein und den Hühnern im Schneidersitz auf den Boden, was ein erneutes außerordentliches Geschrei bei den beiden Hühnern hervorrief, aber das war Marion jetzt egal. Kambu sollte jetzt erst einmal in Ruhe, ausführlich und vor allem der Reihe nach erzählen, worum es eigentlich ging.

»Moment!«, rief Barriga dazwischen. »Dann gehen wir alle den Plan noch mal durch: Hertha und Henriette, ruft mal Pfiffigunde und Bernhard. Sie sollen dazukommen!«

Marion verstand nicht, was Barriga gesagt hatte. Sie sah nur, wie die beiden Hühner plötzlich wieder hysterisch zu gackern anfingen.

Kambu erläuterte es schnell: »Das ist das Problem. Hertha, die Angst vor Hunden hat, spricht die Hundesprache. Und die Katzensprache spricht nur Henriette, also das Huhn, das sich so vor Katzen fürchtet. Es kann also immer nur das Huhn mit dem jeweiligen Tier sprechen, vor dem es ausgerechnet riesige Angst hat. Verstehst du?«, fragte Kambu.

Marion bemühte sich, es zu verstehen. Sie runzelte die Stirn, kratzte sich wieder am Kopf. Warum, fragte sie sich, mussten die beiden denn überhaupt mit Hund und Katze sprechen?

»Weil Bernhard und Pfiffigunde …«

Aber da kamen die beiden schon.

… Hund und Katze sind, stellte Marion fest. Allerdings musste Marion zweimal hinsehen. Weder solch einen Hund noch so eine Katze hatte sie jemals zuvor gesehen.

Der Name Bernhard für den Hund lag auf der Hand, denn er war ein Bernhardiner. Allerdings einer, den Marion auf den ersten Blick für mindestens hundert Jahre alt hielt. Er war so groß wie ein Dinosaurier und vermutlich auch so schwer. Und trotzdem streifte seine Nase fast den Boden. Nicht etwa, weil er schnüffelte und etwas suchte, sondern einfach, weil sein buckeliger Körper so weit vornübergebeugt war und sein bulliger Kopf auf dem schlaffen Hals so weit herunterhing, dass die feuchte, schwarze Nase beinahe wirkte wie ein Stützrad, das jemand an die Schnauze geschraubt hatte. Die großen Füße schlurften über den Weg, als trüge er zu große Pantoffeln aus Hundefell. Die Ohren schlackerten ihm wie mit Klebeband befestigte Topflappen um den Kopf. Seine Augen blickten trübe zu Boden, als ob die riesenhaften Tränensäcke sie hinabzögen. Aus seinem Maul baumelte eine Zunge, grau, nass und schlaff wie ein vollgesogener Wischlappen, und Zähne konnte man bei ihm überhaupt nicht mehr sehen.

Das Erste, was Marion beim Anblick dieser erbärmlichen Gestalt durch den Kopf schoss, war: Der findet Klecks niemals!

Die Katze Pfiffigunde machte keinen besseren Eindruck. Was an der pfiffig sein sollte, würde auf ewig das Geheimnis des Namensgebers bleiben. Sie war zwar eine Siamkatze und musste irgendwann in besseren Tagen einmal schön gewesen sein. Mit ihrem hoch emporgestreckten Schwanz und dem aufgeplusterten Fell jedoch wirkte sie jetzt eher wie so ein zerfranster Staubwedel, mit dem Marions Mutter immer die Heizung zwischen den Rippen säuberte. Marion war sicher: Wenn Klecks dieser

Katze begegnete, würde sie erst recht kreischend davonlaufen.

»Die glorreichen Fünf!«, stellte Kambu die Gruppe insgesamt vor.

Die glorreichen Fünf?, wiederholte Marion in Gedanken. Was war an den fünf verrückten, zerzausten Tieren glorreich?

»Noch nichts!«, bekannte Kambu. »Es ist ihr erster Fall. Barriga war das Verschwinden mehrerer Tiere zu dem immer gleichen Geruch aufgefallen. Da haben diese fünf sich zu einer Detektivgemeinschaft zusammengefunden!«

Marion verstand jetzt sehr gut, was Tobias gemeint hatte. Auch sie hielt Barriga einfach nur noch für verrückt. Aber ihr blieb keine Wahl. Von ihrer Katze Klecks gab es nicht die geringste Spur. Nur Barriga glaubte, auf der Fährte der verschwundenen Tiere zu sein. Es war Marions einzige Chance, ihre Katze wiederzufinden. So willigte sie ein, mitzumachen.

»Ich mache auch mit!«, versprach Kambu. Er schien Barriga erheblich mehr zu trauen, als Marion und Tobias es taten.

Barriga erläuterte seinen Plan. Marion sollte sich die Erlaubnis holen, mit Pfiffigunde und Bernhard auszugehen. Sie beide besaßen den besten Geruchssinn und konnten der Spur folgen.

»Mit beiden zusammen?«, fragte Marion dazwischen. Dafür würde sie niemals die Erlaubnis bekommen. Wer ging schon mit einer Katze und einem Hund gemeinsam aus?

Auch das hatte Barriga schon berücksichtigt. Marion konnte mit Bernhard gehen und Tobias mit Pfiffigunde. Nur zeitgleich musste es sein.

Das klang zwar schon realistischer, aber was war mit Barriga selbst?

»Lass das nur unsere Sorge sein«, beruhigte Barriga Marion. »Dafür sind Helga und Henriette zuständig. Sie sorgen für genügend Ablenkung, wenn ihr fragt!«

»Und wenn die Aufregung groß genug ist, die die beiden Hühner hervorrufen, dann kommt Barriga nach«, übersetzte Kambu für Marion weiter.

Alles klang eigentlich ganz vernünftig, fand Marion. Und trotzdem: Die Sache hatte einen Haken. Das ahnte sie. Was sollten sie tun, wenn sie draußen waren? Und wann sollte es losgehen?

»Ganz einfach«, sagte Barriga. »Am Samstag Nachmittag ist Besuchszeit. Da kommen die meisten Menschen, um Tiere aus dem Heim zu sich zu holen. Und da kommt auch immer Storchenschnabel.«

Marion stockte der Atem. Der Mann, der sich Klecks geholt hatte, kam jeden Samstag ins Tierheim?

»Nein, nein!«, widersprach Barriga. »Es kommt nur der Geruch. Also jemand aus dem Haus, wo die Tiere hingebracht werden. Wir wissen nicht, wo das ist!«

»Wir werden demjenigen, der morgen mit diesem Geruch kommt, folgen und die abgeholten Tiere befreien!«, schloss Barriga die Erläuterung seines Plans ab.

»Wieso befreien?«, fragte Marion. »Glaubt ihr denn …«

»Was denkst du denn?«, mischte sich zum ersten Mal Bernhard ein. »Die Tiere werden gefangen gehalten. Ich bin mir sicher!«

»Weshalb?«, wollte Marion wissen.

Bernhard sah ernst in die Runde. Jedenfalls hatte Marion das Gefühl, dass er das tat. Sein Hundegesicht veränderte sich nicht, egal ob er fröhlich war, ernst oder traurig. Wobei man sich bei Bernhard eigentlich nicht vorstellen konnte, dass er jemals fröhlich gewesen war.

Barriga nickte ihm zu.

Bernhard ließ ein kurzes, dumpfes Wuff ertönen, schlich ein wenig über den Hof und begann, im Sand zu scharren.

»Was tut er dort?«, wollte Marion wissen.

»Er will dir etwas zeigen, hat er gesagt«, erklärte Kambu.

Bernhard hatte nur eine kleine Kuhle in den Sand gescharrt, bellte noch einmal und hielt seine Nase über die Kuhle.

Marion ging hin und schaute nach. Sie sah nichts.

In dem Moment rief Katja: »Marion? Was tust du da?«

Marion erschrak, musste sich schnell in Erinnerung rufen, dass Katja von all den Gedanken, Plänen und Beobachtungen ihrer Tiere nichts wusste. Sie machte deshalb nur ein paar schnelle Handzeichen, die bedeuteten, dass alles in Ordnung war und anschließend noch ein paar weitere, wirre, viel schnellere Bewegungen mit den Händen und einzelnen Fingern. Es war nichts weiter als ein sinnloses Herumgefuchtel, aber Katja hielt es für Gebärdensprache, die sie nicht verstand.

Marion hoffte, Katja würde es zu mühsam sein, nachzufragen und lieber einfach so tun, als ob sie verstanden hätte. Die meisten Erwachsenen reagierten so, wenn sie Marion nicht verstanden. Katja war da keine Ausnahme.

Sie schickte ein verlegenes Lächeln über den Hof und rief. »Na gut. Wenn du Hilfe brauchst, melde dich!«

Marion lachte zurück und zeigte ihr den emporgestreckten Daumen.

Katja ging und Marion atmete durch. Das war noch mal gut gegangen.

Bernhard konnte weitermachen.

Aber es gab nichts weiterzumachen. Bernhard zeigte noch mal mit der Nase auf die Kuhle.

»Was?«, fragte Marion. »Da ist nichts.«

Kambu las es für Bernhard von den Lippen ab.

Bernhard konnte es nicht fassen. Diese Menschen waren alle blind, taub und ohne Geruchssinn, fand er. Die Katzenhaare in der Kuhle waren doch nun wirklich nicht zu übersehen!

»Katzenhaare? Von Klecks?« Marion wurde ganz traurig, als sie das fragte.

Bernhard nickte.

»Und von dreißig weiteren Katzen in dreißig weiteren Kuhlen!«, erklärte Barriga. »Jedes Mal, wenn eine Katze abgeholt wurde, hat sie vorher Bernhard noch schnell ein paar Haare zukommen lassen. Bernhard hat sie alle vergraben!«

»Warum?«, fragte sich Marion.

»Weil ich ein Hund bin«, antwortete Bernhard. »Ich weiß genau, wann ich wo welche Kuhle gegraben und die Katzenhaare versteckt habe!«

Barriga ergänzte: »Und nicht nur Haare der Katzen, sondern von allen Tieren, die in letzter Zeit abgeholt wurden. Auf diese Weise hat Bernhard einen umfangreichen Kalender und eine Auslieferungsliste erstellt. Anhand seiner Verstecke haben wir eine genaue Übersicht, wie viele Tiere insgesamt und wann genau welches Tier mitgenommen wurde!«

»Und von wem!«, ergänzte Bernhard. »Denn an jedem Haar klebt der Geruch des Abholers!«

»Wow!«, formte Marion mit ihren Lippen.

»Um es zusammenzufassen«, sagte Barriga: »In den vergangenen acht Wochen wurden acht Hunde abgeholt, eine Schlange …«

»Schlange?«, hakte Marion ein.

Barriga bestätigte. Manchmal wurden eben auch exotische Tiere gebracht und abgeholt. Er fuhr fort: »… zwei Gänse, ein Hamster, drei Meerschweinchen und …«

»… und?«, fragte Marion.

»Dreiundzwanzig Katzen!«, beendete Pfiffigunde. »Siebzehn davon zum Storchenschnabel!«

»Siebzehn!«, wiederholte Marion und konnte es nicht glauben.

»Das ist das Problem«, stimmte Pfiffigunde ihr zu. »Was will einer mit siebzehn Katzen?«

»Und schickt immer andere, um sie abzuholen?«, ergänzte Barriga. »Und eine der siebzehn ist deine Klecks!«

Marion hatte sich getäuscht. Barriga, Bernhard, Pfiffigunde und die zwei Hühner waren alles andere als verrückt. Sie waren wirklich einem echten Kriminalfall auf der Spur. Davon war Marion jetzt überzeugt. Und morgen würde sie alles tun, um den Fall aufzuklären. Zusammen mit dem verrücktesten Detektivbüro der Welt.

Der Storchenschnabel kommt!

Marion war gespannt bis unter die Haarspitzen. Vor lauter Aufregung konnte sie nicht einmal eine Schale Wasser tragen, ohne etwas davon zu verschütten. Auf dem ganzen Weg vom Wasserhahn über den Hof bis zum Hundezwinger hatte sie eine Wasserspur hinterlassen. Nach jedem Schritt hatte sie sich umgedreht, ob nicht schon der Unbekannte da war, auf den sie alle warteten: Sie, Kambu, der auf ihrer Schulter hockte, Barriga, der mitten auf dem Hof lag und so tat als würde er schlafen, Hertha und Henriette, die eifrig Körner vom Boden pickten, obwohl es auf dem Hof gar keine Körner gab. Denn den hatte Tobias soeben blitzblank sauber gefegt. Bernhard saß angeleint vor dem Zwinger. Marion hatte ihn rechtzeitig aus dem Zwinger geholt, damit Bernhard gleich, wenn es losging, bereit war. Marion musste dann nur kurz die Leine lösen und Bernhard konnte sie in die Stadt begleiten, um die Spur des Storchenschnabels zu verfolgen. Pfiffigunde hatte sich in den letzten Winkel des Hofes verkrochen. Sie hasste es, sich in der Nähe der Hundezwinger aufzuhalten. Aber es war der beste Platz, um alles zu überblicken. Jeder Besucher musste über den Hof. Also auch Storchenschnabel, wenn er kam. Und er würde kommen. Davon war Barriga überzeugt.

»Warum läufst du denn immer hin und her, um den Hunden Wasser zu geben?«, fragte Tobias, nachdem er seinen Besen in die Ecke zurückgestellt hatte. »Nimm doch den Schlauch!«

Ohne eine Antwort abzuwarten, wickelte Tobias den Schlauch von der Rolle und drehte den Wasserhahn auf.

»Nicht!«, wollte Barriga noch warnen. Doch er hatte es zu spät bemerkt. Ehe er seine Warnung aussprechen konnte, stand Tobias schon mit dem Gartenschlauch im Anschlag vor dem Hundezwinger. Er drehte ihn auf, um die erste Schüssel zu füllen, da ging ein fürchterliches Gekläffe in den Zwingern los. Wie tollwütige Wölfe sprangen die Hunde an den Gitterstäben hoch, rannten in ihren Käfigen hin und her, kläfften, bellten, knurrten und fletschten die Zähne.

Marion ließ vor Schreck die Wasserschüssel fallen. Das Scheppern der metallenen Schüssel auf dem Steinboden hallte über den ganzen Hof und verstärkte die nervöse Reaktion der Hunde nur noch mehr.

Auch Tobias erschrak und verlor für einen Moment die Kontrolle über den Schlauch. Die Düse

glitt ihm aus der Hand. Angetrieben vom Druck des Wasserstrahls tanzte der Schlauch wie eine verrückt gewordene Schlange, die eine Wasserfontäne in alle Richtungen spuckte, durch den Hof.

Alle Hunde bekamen eine kalte Dusche, wodurch sie nur noch hysterischer in ihren Zwingern herumsprangen.

»Ach herrje!«, stieß Tobias aus, warf sich auf den Gartenschlauch, um ihn zu bändigen. Doch in dem Moment drehte sich die Düse weg und Tobias griff ins Leere. Als die Düse zurückschwenkte, verpasste sie erst Tobias und dann einem Pittbull-Terrier eine weitere kalte Dusche. Der Hund jaulte auf, rammte mit seinem dicken Schädel gegen die Gittertür, als wollte er mit dem Kopf durch die Wand, und biss sich knurrend vor lauter Wut in einen der Gitterstäbe fest.

»Nimm den Schlauch weg!«, schrie Barriga.

Aber Kambu musste es erst übersetzen. Da seine Stimme viel leiser war als die von Barriga, musste Kambu es dreimal wiederholen, ehe Tobias es hörte.

»Das versuche ich doch!«, gab Tobias zurück, während er mit dem Bauch voran über den klitschnassen Steinboden schlitterte und einen erneuten Versuch unternahm, den tollwütigen Schlauch zu greifen. Diesmal erwischte er ihn und freute sich so über seinen Erfolg, dass er ganz übersah, wie der

Wasserstrahl Pfiffigunde voll erwischte und sie aus der Ecke herausspülte.

Dann endlich war's vorbei. Der Strahl verebbte. Tobias schaute unsicher auf die letzten Tropfen, die aus dem Schlauch herausspuckten. Erst jetzt sah er Marion hinten am Wasserhahn, den sie schnell abgedreht hatte.

»Mit dem Schlauch werden die Zwinger gesäubert!«, erklärte Barriga. »Danach sind die Zwinger nass. Die Hunde hassen das, weil mit der Reinigung auch ein Großteil ihres Geruchs weggeschrubbt wird. Sie fühlen sich dann fremd. Die Hunde brauchen den Schlauch nur zu sehen und schon drehen sie durch!«

»Das muss einem doch gesagt werden!«, schmollte Tobias.

Das war genau der Grund, weshalb Marion die Wasserschalen einzeln zu den Zwingern getragen hatte. Katja und Maria hatten ihr von der Benutzung des Schlauchs abgeraten. Aber Tobias hatte ihn ja gleich angedreht, ohne vorher zu fragen.

Katja war auch sofort zur Stelle als sie den Krach aus den Zwingern hörte. Sie rannte auf Tobias zu, nahm ihm den Schlauch aus der Hand und versuchte gleichzeitig, beruhigend auf die Hunde einzureden.

»Keine Angst!«, rief sie den Hunden zu. »Heute

werden die Zwinger nicht gereinigt. Das haben wir doch vorgestern gemacht! Heute ist Besuchstag!«

Ihrem Tonfall war schon zu entnehmen, dass sie gar nicht daran glaubte, die Hunde würden sie verstehen.

Aber die verstanden sehr gut. Aber sie trauten Katja nicht, flüsterte Kambu Marion ins Ohr. Denn Katja behauptete auch jedes Mal, bevor sie die Zwinger ausspülte, es würde nichts geschehen!

Kambu hätte den Hunden gern versichert, dass sie sich diesmal wirklich keine Sorgen machen mussten, aber in Anwesenheit von Katja durfte Kambu nicht bellen. So blieben Katjas Beruhigungsversuche vergebens. Die Hunde kläfften weiter um die Wette.

»Gib ihnen was zu fressen«, sagte Katja zu Marion. »Dann werden sie sich beruhigen. Und mach das bitte gleich. Kein Besucher nimmt einen Hund mit, der wie verrückt bellt. Aber wir brauchen Platz. Ich hoffe sehr, dass wir heute drei oder vier Hunde in ein neues Zuhause geben können!«

Das war das Stichwort! Die ersten Besucher waren also schon da. Marion hatte noch keinen gesehen. Ob Storchenschnabel auch unter ihnen war? Durch das Chaos mit dem Gartenschlauch hatte sie in den letzten Minuten nicht darauf achten können.

»Und du pass ein bisschen besser auf!«, gab Katja

Tobias mit auf den Weg und ging zurück nach vorne ins Büro. Kaum war Katja um die Ecke, sprach Kambu zu den Hunden und versicherte ihnen, dass heute tatsächlich nicht geputzt werden würde. Zwar brauchten die Hunde eine kleine Weile, ehe sie begriffen, wieso ein Chamäleon zu ihnen bellte, aber dann beruhigten sie sich. Auf das in Aussicht gestellte Futter wollten sie dennoch nicht verzichten. Tobias ging und holte es.

In dem Moment meldete sich Bernhard zu Wort: »Ich rieche ihn!«

Kambu übersetzte und Marion war sofort wieder gespannt wie ein Flitzbogen.

Barriga hob den Kopf. Hertha und Henriette hörten auf zu picken und Pfiffigunde …

Wo war Pfiffigunde? Marion schaute sich nach ihr um. Aber die Katze war nirgends zu sehen.

Kambu rief nach ihr.

Barriga grunzte. Nicht, weil er Pfiffigunde rufen wollte, sondern weil er Kambus Miauen so furchtbar fand.

»Wo hast du nur die Katzensprache gelernt?«, beschwerte er sich.

Aber Kambu ließ sich nicht aus der Ruhe bringen. Noch nie hatte sich eine Katze über sein Miauen beschwert. Vermutlich klang seine Katzensprache nur für Hängebauchschweine so furchtbar.

Plötzlich hörten alle ein anderes Katzengejammer.

Pfiffigunde!

Das klägliche Miauen schallte über den ganzen Hof.

Kambu übersetzte es: »Ich hole mir den Tod!«

Aber wo steckte Pfiffigunde? Sie war nicht zu sehen.

»Ich steeerrrrbeee!«

Kambu ließ seine Augen in verschiedene Richtungen rollen, aber auch er konnte sie nicht entdecken.

»Ich steeeeeerbeeeeee!«, miaute Pfiffigunde wie aus dem Jenseits.

»Wo ist sie?«, fragte Marion stumm.

Barriga wusste es auch nicht.

Nur Bernhard hatte ihre Fährte gefunden und teilte mit: »In dem Karton!«

Karton?

Marion musste zweimal hingucken, um die kleine Kiste zu erkennen, die vor dem Eingang des Verwaltungsgebäudes stand. Maria hatte in einem Versandhaus ein paar Decken bestellt. Das Paket war am Vormittag angekommen und Maria hatte es erst einmal dort abgestellt, um die Decken später, wenn sie Zeit dazu fand, auszupacken. Mit sicherem Instinkt hatte die Siamkatze Pfiffigunde sofort erkannt, welch flauschig warmer Inhalt sich in dem Karton verbarg. Nach der kalten Dusche von Tobias hatte sie den Karton kurzerhand mit ihren scharfen Krallen aufgeschlitzt und da lag sie jetzt auf den warmen Decken und litt vor sich hin: »Ich bin klitschenass! Ich bekomme eine Lungenentzündung!« Zum Beweis ihrer Behauptung hustete sie schon ein wenig und jammerte immerfort: »Ich steeeerrbeeeee!«

»Reiß dich zusammen!«, bellte Bernhard sie an. Er wusste, dass Pfiffigunde ihn verstand. In dem Haushalt, in dem Pfiffigunde jahrelang gelebt hatte, hatte es zu Pfiffgundes großem Bedauern nämlich auch einen Hund gegeben.

Genauso wie es in Bernhards früherem Zuhause mehrere Katzen gegeben hatte.

Barriga verstand ohnehin enorm viele Sprachen, obwohl er sie – im Gegensatz zu Kambu – alle hatte lernen müssen.

»Storchenschnabel ist im Anmarsch!«, bellte Bernhard Pfiffigunde an. »Wir müssen auf der Hut sein!«

Trotz seines Alters versuchte Bernhard, grimmig zu knurren und so zu tun, als sei er ein gefährlicher Wachhund.

»Reiß dich zusammen?«, wiederholte Pfiffigunde leidend. »Hört euch diesen sabbernden Tollpatsch an. Ich liege im Sterben! Mein Fell ist pitschnass. Das ist tödlich für eine Siamkatze! Ich steeeerbe!«

Bernhard trottete zu Pfiffigunde und stieß den Karton mit der Schnauze um. Pfiffigunde schrie auf, purzelte aus dem Karton heraus, fing sich mit einer geschickten Drehung ab, legte sich dann aber blitzartig auf den Rücken und jammerte: »Mein Rücken. Ich habe mir bestimmt eine Rippe gebrochen! Habt Erbarmen. Ich steeerbe!«

»Du stirbst, wenn du nicht sofort aufstehst!«, kläffte Bernhard sie an. »Und zwar an einem Nackenbiss!«

»Du brutaler Schuft!«, miaute Pfiffigunde, erhob sich und schlich beleidigt davon.

Bernhard schüttelte sich. »Immer das Gleiche mit der Zicke!«

»Kommt das öfter vor?«, fragte Kambu.

»Ständig!«, behauptete Bernhard.

Auch Barriga bestätigte es. »Sie bildet sich immerzu Krankheiten ein, um Aufmerksamkeit zu bekommen. Es ist furchtbar. Und das Schlimmste: Bei den Menschen funktioniert ihr Trick. So erschleicht sie sich oft doppelte Essensportionen.«

Hertha und Henriette gackerten vergnügt.

»Das macht sie schon so lange. Mittlerweile glaubt sie selbst an ihre Krankheiten!«, lästerte Hertha. »Am schlimmsten war es, als wir wegen der

Vogelgrippe alle drinbleiben mussten. Da hat sie zwei Wochen lang behauptet, sie wäre an Vogelgrippe erkrankt und wir hätten sie angesteckt!«

Barriga nickte mit seinem schweren Kopf. »Sie ist ein guter Detektiv, aber leider eine Diva!«

Marion seufzte. Das konnte ja heiter werden, mit dieser Gruppe Storchenschnabel zu verfolgen. Überhaupt: Wo steckte der?

»Er ist an uns vorbei!«, sagte Bernhard.

»Was?«, entfuhr es Kambu. »Und das sagst du erst jetzt?«

Bernhard blieb gelassen. »Hier kommt man ja nicht zu Wort bei dem ganzen Gegacker und Miauen!«

O Mann!, fluchte Marion innerlich. Eine divenhafte Katze, die sich Krankheiten einbildete, ein behäbiger Opa von einem Hund, ein intelligentes Hängebauchschwein, das sich vor lauter Fett kaum bewegen konnte, und zwei durchgeknallte Hühner. Marion würde Klecks nie wiedersehen!

»Da hat jemand eine Katze mitgenommen!«, rief Tobias, der mit einer großen Hundefuttertüte zurückkam. »Habt ihr den gesehen?«

Die Verfolgungsjagd

Jetzt musste schnell gehandelt werden. Zum Glück hatten sie vorher alles genau besprochen: Marion sollte ganz offiziell mit Bernhard ausgehen. Das hatte sie schon am Vormittag mit Maria und Katja besprochen und auch die Erlaubnis erhalten. Tobias würde Pfiffigunde heimlich in einer Tasche mitnehmen.

Die geringe Flugfähigkeit der Hühner genügte, um auf eine Kiste, von der Kiste aufs Dach der Hundezwinger, von dort über den Zaun halb zu springen, halb zu fliegen und so das Tierheim zu verlassen. Auf ähnlichem Wege würden sie zurückfinden. Es war nicht das erste Mal, dass die Hühner selbstständig auf Tour gingen. Der Einzige, der unmöglich mitkommen konnte, war Barriga. Zwar durfte er innerhalb des Tierheims überall herumlaufen, hinaus aber durfte er nicht. Außerdem war die körperliche Anstrengung für ihn zu groß.

Barriga blieb also zurück und würde sich von den anderen berichten lassen. Und Kambu versteckte sich natürlich wie immer unter Marions Baseball-Kappe.

»Wir müssen los!«, drängte Bernhard. »Sonst verliere ich die Fährte.«

Marion teilte Maria mit, dass sie nun mit dem Hund ausging und verabschiedete sich schnell, bevor Maria sie zurückhalten konnte. Denn von dem Zeitpunkt des Gassigehens war Maria gar nicht begeistert. Ausgerechnet jetzt, wo so viele Besucher kamen, konnten sie im Tierheim jede Hilfe brauchen.

Während Marion sich im Büro verabschiedete, huschte Tobias mit Pfiffigunde im Rucksack vorbei.

Die verwöhnte Siamkatze fühlte sich in seinem

Rucksack allerdings überhaupt nicht wohl. Sie miaute und jammerte.

»Pst!«, machte Tobias. »Du verrätst uns noch!«

Aber Pfiffigunde gab keine Ruhe. Ohne Kambu wusste Tobias auch nicht, was die Katze von ihm wollte. Ungeduldig wartete er auf Marion, Bernhard und Kambu, die zum Glück auch kurz nach ihm hinaus auf die Straße kamen.

Marion hörte sofort Pfiffigundes klägliches Jammern, aber hier vor dem Eingang des Tierheims traute sie sich nicht nachzusehen. Schnell lief sie mit Tobias bis zur nächsten Ecke, suchte Schutz hinter einer Hauswand und öffnete vorsichtig den Rucksack.

Pfiffigunde steckte sofort den Kopf heraus.

»Ich ersticke!«, klagte sie – wie Kambu übersetzte.

Tobias erschrak. »Das kann gar nicht sein!«, verteidigte er sich. »Ich habe oben den Rucksack doch extra ein ganzes Stück offen gelassen.«

Bernhard bellte dumpf. »Das ist mal wieder typisch. Der blöden Katze ist es nie bequem genug!«

»Ich bin so etwas nicht gewöhnt!«, stellte Pfiffigunde klar. »Ich bin eine Siamkatze! Ich brauche weiche Unterlagen. Ich brauche Luft. Ich brauche Fressen. Ich brauche Platz. Ich kann so nicht arbeiten!«

Bernhard musste sich stark zusammenreißen, der

Katzendiva nicht an die Kehle zu springen. Ohnehin fiel es ihm schwer, mit einer Katze zusammenzuarbeiten, aber Pfiffigunde war obendrein das schlimmste Exemplar, dem er je begegnet war.

Der Streit wurde durch ein lautes Gegacker unterbrochen. Hertha und Henriette puttelten die Straße entlang und kamen bis auf zehn Meter an die kleine Gruppe heran.

»Was ist?«, fragte Hertha. »Was macht ihr hier?« Sie fragte es in der Hundesprache, die auch Pfiffigunde verstand. So musste Kambu es nur für Tobias und Marion übersetzen, die beide nie zuvor ein bellendes Huhn gesehen hatten. Allerdings verstand Henriette nun nicht, was ihr Schwesterhuhn da gesagt hatte, denn Henriette konnte nur die Hühner- und die Katzensprache.

»Nicht so wichtig!«, gackerte Hertha.

»Was?«, empörte sich Henriette. »Das bestimmst du doch nicht, was für mich wichtig ist. Ich will wissen, was du den anderen gesagt hast!«

Und schon lagen die beiden Hühner sich in den Federn.

»So geht es nicht!«, bellte Bernhard dazwischen. »So geht das ganz und gar nicht. Durch die blöde Divakatze und euer streitsüchtiges Gegacker habe ich jetzt die Fährte verloren. Storchenschnabel ist verschwunden!«

Marion und Tobias sahen sich mit entsetzten Gesichtern an.

Die Tiere taten unschuldig.

Nun wurde es auch Marion zu viel. Mithilfe von Kambu übernahm sie das Kommando. Sonst würde sie dafür sorgen, dass es die nächsten beiden Tage kein Futter gab.

Die Siamkatze hob den Kopf, leckte sich die Pfote und stellte klar: »Ich kann so nicht arbeiten. Kommandos sind was für dumme Hunde, aber nicht für …!«

»Ruhe!«, fuhr Kambu dazwischen. »Oder willst du zwei Tage hungern?«

Pfiffigunde verstummte, sprang aus Tobias' Rucksack, landete geschmeidig auf der Straße, hob die Nase empor und schaute gegen die Hauswand, als hätte sie mit all den anderen nichts zu tun.

»Ich kann so nicht arbeiten«, schnurrte sie leise vor sich hin.

Marion wandte sich an Bernhard: »Wo hast du die Spur verloren?«

»Kommt mit!«, rief Bernhard den anderen zu.

Marion und Tobias liefen hinterher, Hertha folgte in sicherem Abstand zu Bernhard. Nur Henriette blieb stehen.

Marion bemerkte es.

»Was hat sie?«, fragte sie Kambu.

Kambu fragte das Huhn und das Huhn stellte klar, dass sie keinen Schritt tun würde, solange Pfiffigunde frei herumlief.

»Es ist eine Katze!«, gackerte sie. »Alle Katzen sind hinterhältig. Und jetzt soll ihr auch noch das Futter gestrichen werden. Es wird mir zu gefährlich in ihrer Nähe!«

Pfiffigunde bekam mit, welches Problem Henriette hatte, ließ die Krallen ihrer rechten Pfote aufblitzen und sagte betont scheinheilig: »Ich bin mir sicher, ich bekomme Futter, damit ich keine wilden Hühner reiße, oder?«

»Jetzt langt's!«, schrie Tobias. Er schnappte sich Henriette, die aufgeregt mit den Flügeln schlug, stopfte die Henne in seinen Rucksack und fauchte Pfiffigunde an: »Wenn du jetzt nicht mitkommst, Katzenvieh, dusche ich dich heute noch kalt ab!«

Kambu kicherte, Henriette gackerte, Marion grinste und Pfiffigunde verkroch sich eiligst hinter dem großen Bernhard, als ob Tobias den Gartenschlauch schon auf sie gerichtet hätte.

Bernhard empfing sie bellend: »Jetzt aber los! Ich nehme an, Storchenschnabel ist in die andere Richtung gelaufen!«

Er behielt recht. Zehn Meter neben dem Eingang in die andere Richtung hatte er die Fährte wieder, aber nur kurz. Plötzlich blieb er stehen und bellte: »Er ist in eines dieser stinkenden Autos gestiegen! Die Fährte ist weg.«

»Dort!« Pfiffigunde zeigte die Straße entlang. »Die nächste Kreuzung links!«

»Woher willst du das wissen?«, fragte Bernhard verblüfft.

»Katzeninstinkt!«, behauptete Pfiffigunde.

»Pah!«, bellte Bernhard. »So ein Quatsch! Was soll denn das für ein Instinkt sein?«

»Davon verstehst du nichts!«, gab Pfiffigunde schnippisch zurück. »Ihr braucht mir ja nicht zu glauben!«

»Tun wir auch nicht!«, versicherte Bernhard. Er verließ sich lieber auf seine Spürnase, als auf so ein unbestimmtes Gefühl der Siamkatze. Aber Bernhard hatte die Spur definitiv verloren. So blieben nur zwei Möglichkeiten: Entweder sie brachen die Suche ab oder sie schlugen auf gut Glück einen Weg ein, von dem sie hofften, irgendwann wieder die Fährte von Storchenschnabel zu gewinnen. Und wenn es ohnehin nur auf Glück ankam, konnten sie ebenso gut Pfiffigundes Tipp folgen.

»Sag ich doch!«, bemerkte Pfiffigunde hochnäsig.

Bernhard knurrte leise, sagte aber nichts.

Pfiffigunde lief voraus quer über die Straße, blieb aber sofort auf der anderen Seite stehen und begann, ihre Pfoten zu lecken.

»Was ist denn jetzt schon wieder?«, fragte Bernhard. »Weißt du doch nicht weiter?«

»Natürlich weiß ich weiter!«, fauchte Pfiffigunde. »Aber sieh dir meine Pfoten an!«

Bernhard schaute sie sich an, konnte aber nichts entdecken.

»Du bist alt und blind!«, schimpfte Pfiffigunde. »Das ist doch wohl unübersehbar!«

»Was denn?«, fragte nun auch Kambu. Auch er konnte nicht erkennen, weshalb die Katze stehen geblieben war.

»Sie sind schmutzig!«, stöhnte die Katze. »Seht euch nur die dreckige Straße an!«

»Das darf ja wohl nicht wahr sein!«, kläffte Bernhard jetzt los.

»Mach dich sofort wieder auf die Beine, sonst werde ich ungemütlich!«

»Ich bin eine Siamkatze«, fauchte Pfiffigunde ihn an. »Ich habe in einem Schloss gewohnt. Ich bin so etwas nicht gewohnt. Ich habe draußen nichts zu suchen. Ich brauche es warm und sauber!«

»Du bist eine Tierheimkatze!«, stellte Bernhard klar. »Und wenn du nicht weitergehst, sabbere ich dich nass!«

»Igitt!«, miaute Pfiffigunde, sprang auf und rannte vor Bernhard davon.

Bernhard lief kläffend hinterher.

»Ich könnte Pfiffigunde wieder in den Rucksack stecken«, dachte Tobias laut nach. »Dann bleiben ihre Pfoten sauber!«

»Kommt nicht infrage«, gackerte das Huhn aus dem Rucksack.

Kambu stöhnte. Er hatte nicht das Gefühl, dass sie auch nur einen Schritt vorankamen, um Klecks zu finden.

Schon an der nächsten Hausecke erwartete sie wieder eine Überraschung.

Bernhard und Pfiffigunde saßen nebeneinander, als wären sie seit Jahren die dicksten Freunde.

Marion ahnte nichts Gutes.

»Wenn die jetzt wieder gestritten haben«, warnte Tobias, »dann können die was erleben!«

»Was ist denn jetzt schon wieder?«, fragte Kambu.

Die Antwort kam für alle überraschend.

»Ich …«, begann Bernhard.

»WIR!«, korrigierte Pfiffigunde.

Bernhard gab nach. »Okay, *wir* haben Storchenschnabels Fährte wiedergefunden!«

»Hier?« Marion war wirklich verblüfft. Denn sie standen direkt vor einer Zoohandlung.

Entführung!

»Auf gar keinen Fall!« Pfiffigunde und Bernhard waren sich ausnahmsweise einmal einig. Unter gar keinen Umständen wollten sie die Zoohandlung betreten.

Auch Hertha und Henriette waren von der Idee wenig angetan. Als Hühner hatten sie zwar noch nie eine Zoohandlung von innen gesehen, aber im Tierheim schon einiges davon gehört. Von Bernhard zum Beispiel. Der war als junger Hund über eine Zoohandlung verkauft worden. Sechs Wochen lang hatte er dort leben müssen. Obwohl von »leben« eigentlich nicht die Rede sein konnte. Er bekam genug zu essen und die entsprechende gesundheitliche Versorgung. Aber mehr nicht: kein Spielen, keinen Auslauf, keine anderen Hunde, keine Gesellschaft. Nichts.

»Das waren die ödesten sechs Wochen meines Lebens«, erinnerte sich Bernhard.

»Und das will bei diesem öden Hundeleben schon etwas heißen!«, stichelte Pfiffigunde dazu.

Sie selbst war als junge Katze direkt bei einem Züchter bestellt und zur Abholung durch den Käufer nur drei Tage in einer Zoohandlung untergebracht worden. Aber sie bestätigte voll und ganz Bernhards Aussage. Ein langweiligeres Leben als in einer Zoohandlung konnte man sich gar nicht vorstellen.

Pfiffigunde hatte einfach nur den ganzen Tag geschlafen.

»Das machst du doch sonst auch!«, giftete Bernhard zurück.

Kambu konnte sich überhaupt nicht vorstellen, wovon die anderen sprachen. Von einer Zoohandlung hatte er noch nie etwas gehört. Für ihn klang das wie ein Geschäft, in dem man einen Zoo kaufen konnte.

Tobias lachte. »Ja, das wäre was! Sich gleich einen ganzen Zoo zu kaufen!«

Marion erklärte Kambu, dass man in einer Zoohandlung nur einzelne Tiere kaufen konnte, und zwar meistens solche, die man im Zoo niemals sah. In einer Zoohandlung kaufte man Haustiere.

Kambu verstand nicht, weshalb das Geschäft dann nicht Haustierhandlung hieß. Aber das konnte Marion ihm auch nicht erklären.

»Wie auch immer«, beendete sie die Debatte in der Gebärdensprache. »Hier haben wir Storchenschnabels Fährte wiedergefunden. Also müssen wir hinein!«

Da Bernhard, Pfiffigunde und die beiden Hühner

sich aber weigerten, beschlossen Marion und Tobias, allein mit Kambu in die Zoohandlung zu gehen. Vielleicht ließ sich dort auch ohne Bernhards Spürnase etwas herausbekommen.

Tobias zog Henriette aus seinem Rucksack. Aber sofort gab es wieder ein lautes Geschrei.

»Nicht!«, gackerte Henriette. »Nicht in die Nähe von der schrecklichen Katze!«

Tobias bat Pfiffigunde, etwas beiseitezugehen.

Pfiffigunde überlegte noch einen Augenblick, ob es nicht weit unter ihrer Würde war, der Bitte eines Huhnes zu entsprechen, aber dann schlich sie schließlich leise um die Ecke. Tobias setzte Henriette ab, die sofort laut gackernd in die andere Richtung zu Bernhard lief.

Hertha machte es genau umgekehrt. Sie verschanzte sich hinter Pfiffigunde, um außer Reichweite von Bernhard zu sein.

»Ihr seid dämliche, verrückte Hühner!«, fand Bernhard.

Kambu übersetzte es nicht, um keinen neuen Streit vom Zaun zu brechen.

Marion stieß einen langen Seufzer aus und betrat die Zoohandlung. Kambu verkroch sich schnell noch weiter unter ihrer Kappe. Kaum hatte sie die Tür zur Zoohandlung geöffnet, bellte Bernhard los.

Marion blieb kurz stehen und legte einen Finger auf den Mund. Bernhard sollte ruhig sein.

Kambu flüsterte ihr ins Ohr, was Bernhard wollte. »Der Storchenschnabel!«, sagte er so leise wie möglich. »Bernhard hat das Parfum gerochen!«

Marion war wie elektrisiert. Sie waren also auf der richtigen Fährte. Irgendwo hier musste Klecks gelandet sein, nachdem sie von einem Unbekannten abgeholt worden war. Sie musste auf der Hut sein.

In der Zoohandlung stand ein groß gewachsener Mann mit eigelbblonden Haaren, solariumgebräunter Haut und dunklen heidelbeerblauen Augen, mit denen er Marion sofort ins Visier nahm.

»Guten Tag, kleines Fräulein«, begrüßte er Marion freundlich und nickte auch Tobias einen Gruß zu.

Marion sah sich um und staunte, wie viele Tiere es in dieser kleinen Zoohandlung gab.

Zu ihrer Linken standen unzählige Aquarien mit den verschiedensten Fischarten. Einige kannte sie: Gubbys waren dabei, Neonsalmer, Skalare, Welse. Aber auch eine Reihe von wunderschönen bunten Fischen, deren Namen Marion nicht wusste und die sie auch noch nie gesehen hatte.

Gegenüber, auf der rechten Seite des Ladens, zwitscherten, piepten und kreischten mehrere Sittiche und Finken in engen Käfigen um die Wette. Sie machten einen ohrenbetäubenden Lärm. Dahinter in den Regalen waren etliche Terrarien aufgestellt, in denen sich Salamander, Geckos, aber auch Vogelspinnen, Taranteln und sogar Heuschrecken und Ameisen tummelten. Manche Tiere aber sah man gar nicht. Nur ein Schild auf der Glasscheibe verkündete, wer angeblich in dem Glaskasten lebte. Auf einer Stange hockte ein Graupapagei und es gab sogar drei Schlangen und – ein Chamäleon!

»Ihr seid ja mit einem halben Zoo unterwegs!«, lachte der Mann.

Das muss der gerade sagen, dachte Marion, erschrak aber dennoch. Der Zoohändler hatte sie also schon gesehen, als sie noch vor der Tür gestanden hatten.

»Was kann ich für euch tun? Braucht ihr Futter für eure Hühner?«, fragte der Händler.

Da Marion stumm war, sollte Tobias mit dem Mann sprechen. Aber Tobias hatte sich gar keine Gedanken gemacht, was er sagen sollte. Er konnte schlecht den Mann fragen, ob er es war, der die siebzehn Katzen aus dem Tierheim gewissermaßen entführt hatte.

So stotterte Tobias nur etwas Unverständliches vor sich hin. Marion sah ihn mit bösem Blick an. Da konnte sie sich mit ihrer Gebärdensprache ja noch besser verständigen als Tobias mit seinem Gestammel. Schnell wies sie ihn an, was er fragen sollte.

»Wir suchen eine Katze!«, sagte Tobias wie Marion ihm vorgeschlagen hatte. Obwohl er sich darüber selbst wunderte. Seiner Meinung nach ergab es kaum Sinn, den Zoohändler nach den verschwundenen Katzen oder Klecks zu fragen. Entweder er wusste von nichts und wenn, dann würde er es ihnen kaum auf die Nase binden.

Doch das hatte Marion auch gar nicht vor.

»Aha!«, schmunzelte der Zoohändler. »Habt ihr noch immer nicht genug Tiere? Wenn ich richtig gesehen habe, seid ihr mit einem Hund, einer Katze und zwei Hühnern hier?«

Immerhin, Kambu hatte der Zoohändler noch nicht entdeckt, atmete Marion innerlich auf. Trotzdem: Es war dumm von ihnen gewesen, sich direkt vor dem Schaufenster der Zoohandlung so aufzubauen wie auf einem Präsentierteller.

»Lasst ihr die Tiere einfach so allein da draußen?«, hakte der Zoohändler nach.

Marion biss sich auf die Lippen. Sie saßen in der Klemme. Bernhard und die anderen würden niemals hier hereinkommen. Wenn sie sie aber so ganz ohne Aufsicht ließen, musste der Zoohändler Verdacht schöpfen. Einen Hund konnte man vielleicht noch ohne Leine vor der Tür sitzen lassen, aber sicher keine Katze und schon gar keine Hühner.

Zum Glück schaltete auch Tobias in diesem Augenblick schnell.

»Da haben Sie recht!«, stimmte er dem Zoohändler zu. »Ich sehe gleich nach ihnen!« Mit diesen Worten verschwand Tobias.

Damit waren zwar die Nachfragen des Zoohändlers zunächst mal beendet, aber nun stand Marion allein vor dem Händler und konnte sich nicht verständigen. Denn der Verkäufer würde kaum die Gebärdensprache beherrschen. Kambu durfte sie nicht in Anspruch nehmen. Und gleichzeitig stand Tobias draußen bei den Tieren und konnte sich nicht mit ihnen unterhalten.

Sie waren in eine richtig blöde Situation gekommen, fand Marion. Eigentlich hätte sie hinausgehen müssen. Aber das hätte sie auch nicht wirklich weitergebracht. Denn Marion hatte geplant, den Händler ordentlich zu beschäftigen, sodass Kambu die Tiere in der Zoohandlung hätte befragen können.

Nun denn, dachte Marion. Die Lage ist so wie sie ist, also musste sie nun das Beste daraus machen.

Mit zwei Zeigefingern zeigte sie eine sehr kleine Größe an und machte anschließend mit ineinander verschränkten Armen eine Schaukelbewegung.

Der Zoohändler verstand: »Du willst ein Katzenbaby?«

Marion nickte.

»Deine Katze ist sterilisiert?«, fragte der Zoohändler.

Marion nickte abermals. Sie wusste es zwar nicht, aber die meisten Besitzer hatten ihre Hauskatzen operieren lassen, damit diese keine Jungen mehr bekommen konnten.

Das war auch gut so. Andernfalls wären die Tierheime bald vollkommen überfordert.

»Na, da wollen wir mal schauen!«, sagte der Zoohändler. »Ratsam wäre ja wohl eine Siamkatze, damit sie zu eurer Katze passt!«

Marion nickte.

»Willst du mal mitkommen?«, fragte der Zoohändler und öffnete die Tür zu einem Hinterraum.

Offenbar hatte der Zoohändler dort noch mehr Tiere. Damit hatte Marion nicht gerechnet. Sie dachte, die Fische, Papageien, Schlangen, Hamster, Mäuse, Katzen und Hunde hier vorn im Verkaufsraum wären alle Tiere gewesen, die es in dieser Zoohandlung gab.

Sie nickte zwar Zustimmung, aber sie musste sich etwas einfallen lassen. Kambu sollte vorn bleiben, um die Tiere befragen zu können.

Marion ging auf den Zoohändler zu, der sie immer noch freundlich anlächelte und sagte: »Ich

geh mal voraus!« Dann verschwand er durch die Tür nach hinten.

Das war die Chance!

Marion reagierte blitzschnell. Sie hockte sich hin, holte Kambu unter ihrer Mütze hervor und schob ihn unter eines der Regale, auf denen die Terrarien standen.

»Was machst du da?«, fragte eine Stimme hinter ihr in scharfem Ton. Es

war die Stimme des Zoohändlers. Aber das konnte gar nicht sein. Der war doch vor ihr durch die Tür gegangen. Wie sollte er jetzt plötzlich hinter ihr stehen?

Marion schaute sich um. Aber da stand niemand.

Merkwürdig!, dachte Marion, widmete sich dann aber wieder Kambu, um ihm noch einmal einzuschärfen, worauf es ankam.

Aber Kambu wusste Bescheid. »Siebzehn Katzen, ich weiß.«

Marion hob mahnend den Zeigefinger.

»Ja, ja und Klecks natürlich«, antwortete Kambu.

»Kommt mal dort weg!«, herrschte sie die Stimme wieder an.

Marion zuckte zusammen.

Jetzt hatte der Zoohändler sie also doch erwischt.

Wieder drehte sich Marion um. Wieder stand dort niemand.

Doch diesmal sah sie, wer da sprach.

»Nicht alles anfassen!«, rief der Papagei mit einer Stimme, die dem Zoohändler zum Verwechseln ähnlich war. Offenbar saß er schon sehr lange hier in der Zoohandlung auf der Stange

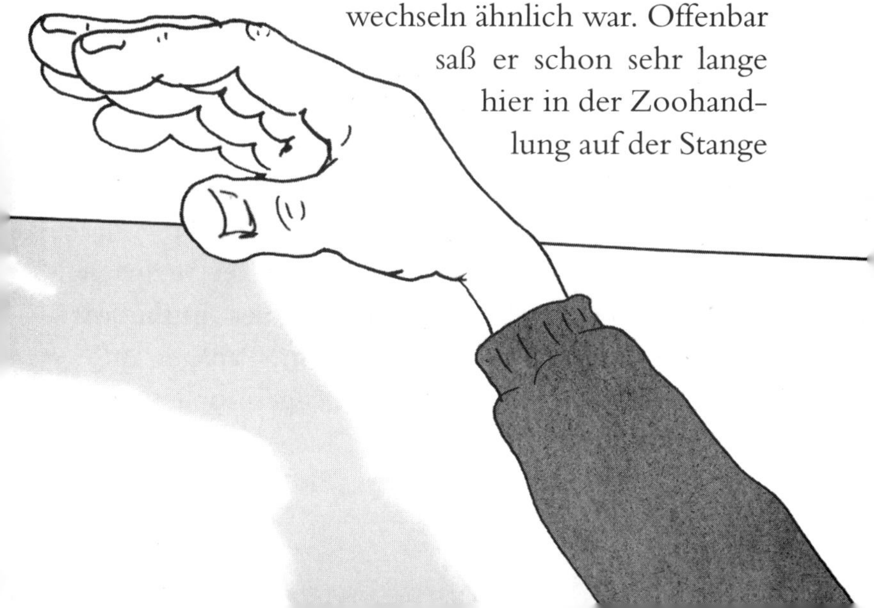

und schnappte alles auf, was der Händler so den ganzen Tag über redete.

Marion erkannte sofort den Unterschied zu Kambu. Ihr Chamäleon konnte wirklich sprechen, aber der Graupapagei plapperte nur alles nach.

Kambu verzog sich ganz unters Regal. In dem Moment erschien nun wirklich der Zoohändler. Er stand in der Tür und fragte Marion, wo sie denn bliebe.

Geistesgegenwärtig zeigte Marion auf ihren Schuh, tat so als hätte sie ihn gerade zubinden müssen, erhob sich und folgte dem Zoohändler in den hinteren Raum.

Kambu wartete, bis beide verschwunden waren.

Dann kroch er unter dem Regal hervor und rief den Papagei: »Hey, wie heißt du?«

»Nicht alles anfassen!«, krächzte der Papagei zurück. »Darf's noch etwas sein? Jaaa, jaaaa. Düdüdü-düüüüüü!«

Kambu musste lachen. Es war erstaunlich, was der Zoohändler offenbar so alles vor sich hin plapperte und wie er mit seinen Tieren sprach.

»Dreizehn Euro achtzig!«, rief der Papagei.

Kambu wusste, welchen Fehler er gemacht hatte. Weil der Papagei den Händler immerfort nachmachte, hatte Kambu mit dem Papagei automatisch in der Menschensprache gesprochen. Das genügte dem Papagei als Signal, sofort alles nachzuplappern, was er im Laden jemals aufgeschnappt hatte.

»Jaaaaaa, jaaaaaaaaa, mein Kleiner. Düdüdüdüüüüüüüü. Dreizehn Euro achtzig!«

»Ich bin Kambu!«, krächzte Kambu nun wie ein Graupapagei, worauf der Papagei verstummte und seinen Kopf schräg legte.

In knappen Papageienworten erklärte Kambu ihm, worum es ging: »Hast du die Katzen hier gesehen? Oder eines der anderen Tiere aus dem Tierheim?«

Doch der Papagei antwortete nicht. Offenbar traute er Kambu nicht. Das war auch nicht weiter verwunderlich. Wann traf man schon mal auf ein Chamäleon, das die Papageiensprache krächzte?

Kambu kletterte langsam am Regalbein hinauf.

Der Graupapagei ließ ihn nicht aus den Augen. Noch immer schien er darüber nachzudenken, ob er einem Chamäleon glauben sollte, das behauptete, über zweitausend Kilometer auf einem Gänserücken geflogen zu sein, um im kalten Deutschland ein Menschenmädchen zu treffen, das eine Katze vermisste und deshalb im Tierheim arbeitete, wo ein altersschwacher Bernhardiner, eine divenhafte Siamkatze, zwei verrückte Hühner und ein bewegungsunfähiges Hängebauchschwein sich zu einer

Detektivgruppe zusammengeschlossen hatten, um vermisste Tiere aufzuspüren.

Kambu war inzwischen beim Terrarium angekommen, in dem das andere Chamäleon saß.

»Hallo!«, begrüßte es Kambu. »Ich bin Kambulea!«

Es war auch ohne ihren Namen leicht zu erkennen, dass es sich um ein weibliches Chamäleon handelte. Denn eben noch lag es apathisch und fast weiß in einer Ecke des Terrariums, genau unter der roten, wärmenden Lampe. Kaum hatte es Kambus Stimme wahrgenommen, verfärbte es sich knallbunt und krabbelte nach vorn an die Scheibe.

Würden Chamäleons schwitzen können, so wäre Kambu jetzt erheblich ins Schwitzen gekommen. So wurde er einfach nur sehr aufgeregt. Das Chamäleon-Weibchen war bunt! Das hieß, es wollte etwas von ihm.

Ein menschlicher Junge wäre nun rot angelaufen, Kambu als Chamäleon hätte sich vielleicht braun oder schwarz verfärbt oder vielleicht auch grünbraun gestreift, wie viele seiner Artgenossen es taten, wenn sie sehr aufgeregt waren. Kambu bliebt grün, wie immer, was die fremde Chamäleon-Dame auch sichtlich verblüffte.

»Was ist los mit dir?«, fragte Kambulea enttäuscht. »Gefalle ich dir nicht?«

»Oh … äh … doch … natürlich!«, stotterte Kambu. Peinlich berührt erklärte er, dass er nicht in der Lage war, sich zu verfärben, dafür aber alle Sprachen der Welt sprach.

Er wollte ihr auch noch erklären, wo er herkam und weshalb er hier war. Doch dazu kam er nicht.

Die Tür der Zoohandlung öffnete sich. Ein kleiner Junge, etwa in Marions Alter, trat ein und sah sich um. Sofort fielen dem Jungen zwei Dinge auf. Erstens: Es war kein Verkäufer da. Zweitens: Kambu saß nicht in einem Terrarium, sondern lief auf dem Regal frei herum.

»Hallo?«, rief der Junge durch den Laden.

»Hallo!«, antwortete der Graupapagei. »Dreizehn Euro achtzig!«

Der Junge erschrak erst, begriff dann, wer ihm den Preis zugerufen hatte und lachte.

»Na, du bist mir ja einer!«, sagte der Junge.

»Düdüdüdüüüüüüüü«, antwortete der Papagei. »Jaaaaa. Jaaaaaaa. Sonst noch etwas?«

Der Junge beachtete den Papagei aber nicht weiter, sondern ging gezielt auf Kambu zu.

Kambu erstarrte.

Noch einmal sah der Junge sich um.

»Nicht alles anfassen!«, kreischte der Papagei.

Der Junge zog unwillkürlich seine Hand zurück. Doch dann besann er sich, grinste den Papagei an, schnappte sich Kambu und nahm ihn auf den Arm.

»Nicht alles anfassen. Nicht alles anfassen. Dreizehn Euro achtzig!«, schnatterte der Papagei aufgeregt.

»Hilf mir!«, schrie Kambu dem Papagei auf Papageisprache zu.

Natürlich hätte er dem Jungen auch direkt in Menschensprache sagen können, dass er ihn in Ruhe lassen sollte. Aber Kambu traute sich nicht. Vielleicht würde der Junge ihn tatsächlich wieder zurücksetzen. Vielleicht würde er ihn aber auch vor Schreck fallen lassen. Für Kambu war es eine beachtliche Höhe, vom Arm des Jungen hinunter auf den harten Fliesenboden zu fallen. Zu gefährlich, fand er. Und schließlich: Es konnte sein, dass der Junge nicht so besonnen mit einem sprechenden Chamäleon umging wie Marion es getan hatte. Vielleicht würde er mit Kambu gleich zum nächsten Fernsehsender rennen und die Sensation – ein sprechendes Tier – vorzeigen. Ganze Armeen von Wissenschaftlern würden dann Kambu untersuchen, um herauszubekommen, weshalb er sprechen konnte. All das schien Kambu so risikoreich zu sein, dass er auf die Menschensprache verzichtete.

Da der Junge, der ihn hielt, aber vermutlich nicht wusste, wie ein Chamäleon klang, traute sich Kambu, wenigstens die anderen Tiere um Hilfe zu bitten. Noch mal kreischte er den Papagei um Hilfe an.

Der reagierte auch, schlug mit den Flügeln und krächzte immer wieder: »Nicht alles anfassen! Nicht alles anfassen! Dreizehn Euro achtzig!«

Doch Gelegenheit macht Diebe. Und diese Gelegenheit war äußerst günstig. Ein frei laufendes Chamäleon. Kein Verkäufer in der Nähe. Der Junge entschloss sich. Er behielt Kambu auf dem Arm und rannte aus dem Laden heraus.

»Hilfe!«, schrie Kambu erst in der Papageien- dann in der Chamäleonsprache. »Ich werde entführt!«

Der Junge blieb für einen kurzen Moment vor dem Laden stehen, um zu überlegen, in welche Richtung er am besten und schnellsten weglaufen sollte. Gerade als er sich für einen Weg entschieden hatte, sah Tobias ihn, der vor der Tür auf Marion wartete.

»Hey!«, rief Tobias ihm zu. »Wieso hast du Kambu auf dem Arm?«

»Wen?«, fragte der Junge.

»Kambu!«, wiederholte Tobias. »Das Chamäleon!« Er zeigte auf Kambu.

»Was geht dich das an?«, gab der Junge schnippisch zurück und wollte weitergehen.

Tobias aber hielt ihn am Arm fest.

»Lass mich los!«, forderte der Junge und schlug Tobias' Hand beiseite.

Kambu versuchte, die Gelegenheit beim Schopfe zu packen und rüber zu Tobias zu klettern. Es gelang ihm nicht. Der Junge hielt ihn fest. Tobias zog seine Hand zurück, sodass Kambu sie nicht mehr erreichen konnte.

»Das Chamäleon gehört Marion. Du hast es ihr weggenommen!«, sagte Tobias dem Jungen auf den Kopf zu.

Doch der stritt alles ab. »Quatsch! Da war überhaupt niemand im Laden!«

»Du lügst!«, behauptete Tobias. »Wo ist Marion? Sie muss im Laden gewesen sein!«

»Sie ist mit dem Zoohändler im Hinterraum!«, mischte sich nun Kambu ein. Es hatte keinen Sinn, länger zu schweigen.

Der Junge erschrak sich so, dass er Kambu tatsächlich losließ. Kambu war aber darauf vorbereitet und klammerte sich im Pulli des Jungen fest.

»Bring mich gefälligst wieder hinein!«, blaffte Kambu den Jungen an.

»Aber …«, stotterte er. »Das … das … Chamäleon spricht!«

»Natürlich spricht es!«, sagte Tobias. »Ich sage doch, das ist Kambu!«

»Ein sprechendes Chamäleon!«, rief der Junge. »O Mann, ist das irre!«

»Gib es mir!« Tobias streckte die Hände aus. Kambu machte sich bereit, zu Tobias zu wechseln. Doch der Junge dachte gar nicht daran.

»Ey, spinnst du, Mann?«, rief er. »Das ist voll die Sensation. Damit komme ich ins Fernsehen! Ich melde mich bei *Wetten, dass ..?* zur Kinderwette.«

Genau wie Kambu befürchtet hatte. Vielleicht hätte er doch besser geschwiegen!

»Hör auf damit!«, seufzte Tobias. »Lass den Quatsch und gib mir Kambu zurück!«

»Pöh!«, machte der Junge und lief über die Straße.

»Hilfe!«, schrie Kambu.

»Bleib hier!« Für einen Moment war Tobias so perplex, dass er nicht schnell genug reagierte. Ehe er bereit war, dem Jungen zu folgen, hatte der schon zwanzig Meter Vorsprung.

»Fass!«, rief Tobias Bernhard zu.

Bernhard schaute Tobias mit schräggelegtem Kopf an. *Was meint er?*, fragte er sich.

»Du sollst ihn schnappen!«, erklärte Hertha aus sicherem Abstand.

»Schnappen? Ich?«

»Wer sonst?«, fauchte Pfiffigunde ihn an. »Ich vielleicht? Oder die Hühner? Renn los, du dummer Hund, bevor der Knirps über alle Berge ist!«

Es war sehr, sehr lange her, dass Bernhard jemanden schnappen sollte. Wenn er es sich recht überlegte, hatte er noch nie einen Menschen schnappen müssen. Als kleiner Welpe war er immer dem Briefträger entgegengelaufen und hatte dem ins Hosenbein gezwickt. Das hatte Spaß gemacht, aber Bernhard hatte dafür regelmäßig Schläge von den Menschen bekommen. Da hatte er es irgendwann gelassen. Und jetzt sollte er … einfach so?

»Los, du lahme Töle!«, fauchte Pfiffigunde. »Lauf endlich!«

Obwohl Bernhard und Pfiffigunde die jeweils andere Sprache eigentlich ganz gut beherrschten, übersetzte Henriette Pfiffigundes Anweisung sicherheitshalber für Hertha, die es in die Hundesprache übertrug. Aber Bernhard hatte Pfiffigundes Worte schon verstanden. Allein, es fehlte ihm der Glaube.

»Gack!«, machte Hertha. Und für eine Zehntelsekunde überwand sie sogar ihre panische Angst vor Hunden, wagte sich einen Flügelschlag näher an Bernhard heran und machte noch einmal so laut sie konnte. »Gack!«

Da endlich lief Bernhard los.

Aber der Junge war längst um die Ecke. Und mit ihm Tobias. Bernhard merkte, dass noch viel mehr in ihm steckte, als er bisher vermutet hatte: So war er schon lange nicht mehr gerannt. Es ging gut. Es ging fantastisch. Beinahe hatte er das Gefühl, wieder jung zu sein. Seine Beine flogen geradezu über den rauen Asphalt der Straße. Bernhard sauste um die Ecke, sah von Weitem Tobias, der die Straße entlangsprintete. Den Jungen sah er nicht. Aber das machte nichts. Er roch ihn. Ganz deutlich nahm Bernhards Spürnase die Fährte des Jungen auf und führte ihn in die richtige Richtung.

Doch plötzlich …

Bernhard hielt an. Tobias lief immer noch vor ihm geradeaus. Aber die Fährte bog links ab. Tobias hatte sich von dem Jungen täuschen lassen. Bernhard bellte einmal kurz. Tobias machte eine Vollbremsung und drehte sich um. Bernhard registrierte, dass Tobias ihn bemerkt hatte, und schoss links herum in einen Hauseingang.

»Warte!«, rief Tobias. Doch Bernhard war schon weg.

Die Fährte war zu frisch und Bernhard zu aufgeregt. Er war auf Jagd! Wie zuletzt als junger Hund. Es war fantastisch. Bernhard stand im Treppenhaus eines alten Hauses. Nach oben verlor sich die Fährte. Nach unten aber war sie deutlich wahrnehmbar. Und von dort unten rief es auch deutlich: »Hilfe! Hilfe!«

Und es bellte.

Und es miaute.

Und es krähte.

Kambu wusste nicht, wer ihm folgte, um ihn zu retten. Er hoffte, alle seine neuen Freunde hätten sich aufgemacht, um ihn aus der Entführung zu befreien. Deshalb machte er sich in allen Sprachen bemerkbar.

Doch nur Bernhard und Tobias waren dem Jungen auf den Fersen. Pfiffigunde lag träge vor dem Eingang der Zoohandlung und wartete ab, was passierte. Hertha und Henriette pickten ein bisschen auf der Straße herum.

Und Marion stand mit dem Zoohändler im Hinterraum, ahnte von alldem nichts und schaute nur in einen Käfig, in dem eine Katze mit sieben Neugeborenen lag.

So etwas Süßes hatte sie lange nicht gesehen. Am liebsten hätte sie sofort alle Katzen in einen Korb gepackt und mit nach Hause genommen. Besonders eine kleine gestreifte hatte es Marion angetan, die der Mutterkatze gerade auf dem Kopf herumturnte, abrutschte und direkt vor den Augen ihrer Mutter auf die Nase fiel. Sofort rappelte sich das Kätzchen auf und startete einen neuen Versuch.

Aber natürlich war es unmöglich, auch nur ein einziges dieser Kätzchen mitzunehmen. Marions Mutter würde ihr etwas erzählen!

Marion erinnerte sich, weshalb sie hier war: Sie wollte Klecks finden!

»Und?«, fragte der Zoohändler. »Gefallen sie dir?«

Marion nickte und fragte sich, ob Kambu schon genug bei den Tieren der Zoohandlung herausbekommen hatte. Lange würde sie den Zoohändler nicht mehr aufhalten können. Dass Kambu längst nicht mehr da war, wusste sie ja nicht.

Marion versuchte, dem Zoohändler zu verdeutlichen, dass sie sich wegen der Katzen mit Tobias absprechen wollte. Natürlich war das nur ein Vorwand. Aber es funktionierte.

Der Verkäufer lächelte ihr freundlich zu: »Ja, ja, überlegt nur in Ruhe!«

Marion ging hinaus in den Verkaufsraum und wurde von einem krächzenden Papagei empfangen: »Nicht alles anfassen! Nicht alles anfassen!«

»Schscht!«, machte der Verkäufer, der Marion gefolgt war.

Marion ärgerte sich darüber. Jetzt konnte sie nicht in Ruhe nach Kambu Ausschau halten.

»Schschscht!«, machte der Papagei.

Marion ging an ihm vorbei hinaus auf die Straße zu Tobias. Doch vor dem Laden wartete kein Tobias. Links von der Tür lag Pfiffigunde, rechts von der Tür pickten die beiden Hühner.

Nanu?, dachte Marion. Wo steckte Tobias?

Tobias hatte den Hauseingang erreicht, in den Bernhard gelaufen war. Er stand im Treppenhaus, so wie der Hund es vorher auch getan hatte. Aber anders als der Bernhardiner wusste Tobias nicht, ob er die Treppe hinauf oder hinunter in den Keller laufen sollte. Denn Tobias war ein Mensch und roch keine Fährte.

Aber er konnte hören. Und irgendwo von unten aus dem Keller meinte Tobias ein Bellen gehört zu haben. Also rannte er hinunter. Ihm war gar nicht wohl dabei, den Jungen allein zu verfolgen. Aber was hätte er tun sollen? Es war keine Zeit geblieben, Marion zu informieren. Sonst hätte er den Jungen ganz und gar aus den Augen verloren. Marion würde es ihm ohnehin nie verzeihen, dass Kambu vor seinen Augen entführt worden war. Hoffentlich hatte wenigstens Bernhard die Spur nicht verloren!

Marion war außer sich! Wo steckte Tobias? Wo war Bernhard? Und: Wo war Kambu?

Steckte Kambu noch in der Zoohandlung oder hatte Tobias ihn mitgenommen? Unschlüssig stand Marion vor der Zoohandlung und wusste nicht, was sie tun sollte. Sie konnte schlecht den Zoohändler bitten, ob sie wohl mal eben nach einem Chamäleon suchen dürfte, das sich in seinem Laden als Detektiv versuchte.

Pfiffigunde und die Hühner mussten wissen, was geschehen war, aber mit ihnen konnte Marion sich nicht verständigen. Da sie aber keine andere Möglichkeit sah, versuchte sie es trotzdem. Sie hockte sich hinunter zu Pfiffigunde und sah sie an.

Pfiffigunde schaute zurück, stand auf, streckte sich, gähnte lang und ausgiebig – und legte sich wieder hin.

Von Kambu wusste Marion, dass Pfiffigunde – wie die meisten Katzen und Hunde – die Menschensprache verstand. Aber Marion konnte die Menschensprache nicht sprechen. Und Gebärdensprache verstanden die Katzen nicht. Jedenfalls Klecks hatte sie nie verstanden, weshalb es für Marion auch immer so schwer war, ihrer Katze irgendetwas beizubringen. Pfiffigunde würde die Gebärdensprache sicher auch nicht verstehen, vermutete Marion. Trotzdem versuchte sie es. Vergeblich. Um die Menschensprache zu verstehen, kam es den Tieren in der Regel auf die Aussprache, die Betonung, die Wortmelodie an. Deshalb konnten die Tiere die Menschensprache auch international verstehen. Es war egal, ob man sie auf Deutsch, Französisch, Englisch oder Spanisch rief. Sie begriffen den Tonfall. Und genau den konnte die stumme Marion nicht bieten. Marion konnte das, was sie wollte, nur zeigen und …

… schreiben!

Marion sprang auf. Aber klar! Das war die Idee!

Sie griff in ihre Hosentaschen. Aber natürlich fand sie darin weder einen Zettel noch einen Stift. Doch das war das geringste Problem. Schnell huschte sie noch einmal in die Zoohandlung hinein.

»Nicht anfassen!«, begrüßte der Papagei sie.

»Na?«, fragte der Verkäufer. »Habt ihr euch entschieden?«

Marion schüttelte flüchtig den Kopf und bat den Verkäufer um Papier und Stift. Ähnlich wie Katzen und Hunde hatte auch der Verkäufer so sein Problem, Marion zu verstehen. Marion benötigte mehrere Anläufe, um ihren Wunsch zu verdeutlichen. Dabei wich sie weit von der eigentlichen Gebärdensprache ab und zeigte nur einfach so wie ein Pantomimendarsteller, was sie wollte. Endlich verstand der Verkäufer und gab Marion, was sie wollte, weil er dachte, sie wollte ihm etwas aufschreiben.

Doch Marion griff sich Papier und Stift, eilte

wieder hinaus vor die Tür, schrieb hastig etwas auf den Zettel, sah sich um und entdeckte, was sie gesucht hatte: eine Passantin! Eine Frau, etwa im Alter ihrer Mutter, schätzte Marion.

Sie winkte sie aufgeregt zu sich und hielt ihr den Zettel hin.

Die Frau las, und sah Marion dann mitleidig an: »Bist du stumm?«

Marion nickte.

»Ach Gott, du Arme!«, stieß die Frau aus. Sie stellte ihre Einkaufstüten ab, um Marion mit ihrer Hand über den Kopf zu streichen. Marion wich vor den leuchtend rot lackierten Fingernägeln zurück und zeigte erneut auf den Zettel.

»Ich weiß auch nicht, wo Kambu ist!«, antwortete die Frau auf die Frage, die auf dem Zettel stand. »Wer soll denn das sein: Kambu. Dein Bruder?«

Marion schüttelte erneut heftig mit dem Kopf. Die Frau sollte die Frage nicht beantworten, sondern sie Pfiffigunde vorlesen. Marion machte es so gut es ging vor.

Aber die Frau begriff nicht.

Marion stöhnte verzweifelt.

Über die Schulter der Frau hinweg sah sie die Straße entlang. Vielleicht konnte sie sich alle Mühe sparen und Tobias kam schon zurück?

Aber weit und breit war niemand zu sehen.

Marion riss der Frau den Zettel aus der Hand und versuchte noch mal vorzumachen, was sie wollte.

»Ich soll den Zettel lesen?«, fragte die Frau.

Marion nickte.

»Aber das habe ich doch!«

Marion zeigte auf ihren Mund.

»Laut?«, wunderte sich die Frau.

Marion nickte.

»Ich soll es dir vorlesen?«

Marion nickte. Sie sollte es zwar nicht ihr, sondern der Katze vorlesen, aber das war egal. Wenn die Frau den Zettel vorlas, konnte Pfiffigunde es hören.

»Sag bloß, du armes Ding kannst auch nicht lesen?«, fragte die Frau entsetzt.

Marion wollte gerade heftig verneinen. Natürlich konnte sie lesen! Was war das für eine Frage? Aber sie hielt ihre Antwort zurück. Wenn die Frau glaubte, Marion könnte nicht lesen, war das eine gute Begründung für sie, den Zettel endlich mal laut vorzulesen.

Also nickte Marion.

»Ach herrje!«, rief die Frau aus. »Stumm und nicht lesen können. Was es alles gibt. Kümmern sich deine Eltern nicht um dich?«

Marion wiegelte schnell ab und zeigte erneut auf den Zettel. Und dann endlich las die Frau laut vor, was darauf geschrieben stand: »Wo ist Kambu?«

Marion schaute zu Pfiffigunde und zeigte auf die Frau. Hatte die Katze verstanden?

Pfiffigunde sah erst zu Marion, dann hinüber auf die andere Straßenseite.

Marion folgte ihrem Blick aufmerksam. Dort entlang?, fragte sie, indem sie nochmals auf den Weg und auf den Zettel zeigte.

Pfiffigunde erhob sich. Zwar so langsam, als wäre sie wie Dornröschen soeben aus einem hundertjährigen Schlaf erwacht, aber immerhin: Pfiffigunde regte sich. Sie hatte verstanden!

Marion strahlte.

Die Frau stand etwas ratlos da. Sie wusste nicht, was das alles zu bedeuten hatte.

Erst recht nicht, als sie sah, wie das kleine, stumme Mädchen plötzlich einer Katze folgte, die über die Straße spazierte und dabei von zwei Hühnern begleitet wurde.

Etwa zur gleichen Zeit hatte Tobias den Jungen erreicht. Zitternd stand er in der äußersten Ecke eines dunklen Kellerraums. Den einzigen Ausweg versperrte Bernhard, der den Jungen zähnefletschend anknurrte. Auf Bernhards Kopf saß Kambu und versuchte, beruhigend auf ihn einzureden.

»Was ist denn hier los?«, fragte Tobias.

Der Junge wagte nicht einmal mit seinem Finger auf Bernhard zu zeigen. Regungslos warnte er Tobias: »Vorsicht! Der Hund ist bissig!«

»Bernhard?«, lachte Tobias. »Dem muss man doch sogar das Fleisch schon klein schneiden, weil er es kaum noch beißen kann!«

Bernhard schaute Tobias mit giftigem Blick an. Was Tobias gesagt hatte, stimmte zwar, aber das musste man ja nun nicht gleich jedem auf die Nase binden, dachte Bernhard. Es hatte ihm so großen Spaß gemacht, sich mal wieder wie ein richtiger, junger, kräftiger Wachhund zu fühlen.

»Und … und …«, stotterte der Junge weiter. »Das Chamäleon bellt!«

»Das Chamäleon bellt nicht, das spricht mit Bernhard!«, erklärte Tobias.

Jetzt schaute der Junge nicht nur ängstlich auf Bernhard und Kambu, sondern auch noch auf Tobias. Nun hatte sich zu den beiden wild gewordenen Tieren auch noch ein übergeschnappter Junge gesellt. Der fremde Junge presste sich noch mehr mit seinem Rücken an die Wand.

Tobias nahm Kambu von Bernhards Kopf, legte ihn in seinen Arm und fragte: »Ist alles okay mit dir?«

»Ja. Keine Sorge!«, antwortete Kambu. »Aber gut, dass ihr mich so schnell gefunden habt!«

Bernhard bellte.

»Ja, okay!«, gab Kambu zu. »DU hast mich gefunden!«

»Bist du Bauchredner?«, fragte der Junge Tobias, weil er sich nicht vorstellen konnte, dass es Kambu selbst war, der da sprach.

Tobias lachte: »Ne, mein Bauch brummt nur, wenn er Hunger hat. Mehr sagen kann er nicht!«

Ein kleines Schmunzeln huschte über das Gesicht des Jungen. Sofort blickte er aber wieder ängstlich auf das Chamäleon.

»Keine Angst!«, versuchte Tobias ihn zu beruhigen. »Kambu kann wirklich sprechen!«

Der Junge schaute noch immer ungläubig.

»Warum wolltest du mich entführen?«, fragte Kambu.

Endlich mal eine gute Frage, fand Bernhard. Er ging einen Schritt auf den Jungen zu und stellte zufrieden fest, dass Tobias' Verharmlosung nichts genützt hatte. Der Junge hatte trotzdem immer noch Angst vor ihm – was Bernhard außerordentlich gut gefiel. Wieder begann er zu knurren.

»Bernhard!«, wies Tobias ihn zurecht.

Doch Kambu fand es gar keine schlechte Idee, den Jungen ein wenig einzuschüchtern. Vielleicht rückte er dann endlich mit der Wahrheit heraus.

»Also?«, setzte Kambu nach. »Bernhard hätte

auch gern eine Antwort! Weshalb hast du mich entführt?«

»Hab ich ja gar nicht!«, verteidigte sich der Junge.

»Ach?«, machte Kambu. »Sag mir nicht, ich wäre dir nachgelaufen!«

»Nein, nein!«, beschwichtigte der Junge. »Ich … wollte …«

»Ja?«, fragte Kambu.

»Ich hab mir zwei weiße Mäuse bei dem Händler gekauft«, erzählte der Junge plötzlich.

Kambu fragte sich, was das mit seiner Entführung zu tun hatte, aber der Junge ließ sich nicht beirren und erzählte weiter: »Und nach nur zwei Wochen sind sie gestorben!«

Kambu erschrak. Die armen Mäuse, dachte er.

»Ich hab es Herrn Schimmelpfennig gesagt und …«

»Schimmelpfennig?«, fragte Tobias dazwischen.

Tobias schüttelte den Kopf. Was es für Namen gab …

Der Junge nickte. »Ja, so heißt der Zoohändler!« Und erzählte weiter: »Ich habe es also Herrn Schimmelpfennig gesagt und wollte mein Geld zurück. Aber er hat gesagt, ich wäre schlecht mit den Mäusen umgegangen!«

Genau die Vermutung hatte Kambu auch gerade gehabt.

»Aber das stimmt nicht!«, beteuerte der Junge. »Ich habe mich vorher ganz genau über Mäuse informiert, habe mir Bücher aus der Bücherei ausgeliehen und alles nachgelesen, was man über Mäuse lesen kann. Sonst hätten meine Eltern mir gar keine Haustiere erlaubt! Ich hab alles genauso gemacht, wie es in den Büchern stand, wie man mit Mäusen umgehen soll. Aber sie sind trotzdem gestorben. Die waren krank!«

»Krank?«, wunderte sich Tobias.

Der Junge nickte.

»Aber warum entführst du mich, nur weil deine Mäuse krank waren?«, begriff Kambu noch immer nicht.

Der Junge druckste wieder etwas herum. »Na ja, er wollte mir das Geld nicht zurückgeben, da wollte ich mir neue Mäuse holen.«

»Du wolltest dir neue Mäuse kaufen?« Tobias verstand. »Wieso hast du es nicht getan?«

Doch der Junge widersprach: »Nein. Ich wollte sie nicht kaufen. Ich wollte ...«

Tobias, Bernhard und Kambu brauchten eine kleine Weile, ehe sie begriffen, was der Junge ausdrücken wollte.

Tobias posaunte es schließlich heraus: »Du wolltest sie stehlen!«

»Nicht stehlen!«, verteidigte sich der Junge. »Sie stehen mir zu. Die alten waren krank!«

Tobias runzelte die Stirn.

Bernhard versuchte zu verstehen, was das mit Kambus Entführung zu tun hatte. Er kam nicht drauf.

»Ist doch ganz einfach«, erklärte der Junge. »Als ich in den Laden kam, sah ich Kambu da frei herumlaufen und niemand war da. Das war eine tolle Gelegenheit. Und außerdem finde ich ein Chamäleon viel toller als zwei Mäuse!«

»Das will ich meinen!«, stimmte Kambu vorbehaltlos zu. »Da kann ich dir nur zustimmen!«

»Kambu!«, wies Tobias Kambu zurecht. Der Junge hätte Kambu trotzdem nicht stehlen dürfen, fand er.

»Und dann kam dieser blöde Hund und verfolgte mich. Und jetzt habe ich wieder nichts«, moserte der Junge.

Bernhard drehte sich mehrmals um sich selbst. Er fragte sich, wer mit »blöder Hund« gemeint gewesen sein konnte. Doch wohl nicht er?

»Wie heißt du eigentlich?«, wollte Tobias von dem Jungen wissen.

»Billy!«, antwortete der Junge.

»Gack!«, machte es plötzlich.

Tobias schaute sich um.

Und Marion stand in der Tür. Auf beiden Schultern jeweils ein Huhn, vor ihr Pfiffigunde. Marion strahlte, weil sie Tobias, Kambu und Bernhard gefunden hatte. Dankbar tätschelte sie Pfiffigunde den Kopf. *Toll gemacht!*

Eine Belohnung in Form eines Leckerlis wäre Pfiffigunde allerdings erheblich lieber gewesen.

Tobias fasste für alle zusammen: Die Spur von Klecks endete eindeutig im Laden von Herrn Schimmelpfennig. Dafür verbürgte sich Bernhard. Und nicht einmal Pfiffigunde widersprach ihm. Auch sie hatte Klecks gerochen.

Marion hatte sich bei dem Zoohändler umgesehen und war auch auf einige Katzen gestoßen, hatte aber nichts entdeckt, das auf Klecks hingewiesen hätte.

Laut Bernhard war nicht nur Klecks bei Herrn Schimmelpfennig verschwunden, sondern eine ganze Reihe von Tieren, besonders Katzen, die von verschiedenen Leuten aus dem Tierheim abgeholt worden waren.

»Na und?«, fragte Billy in die seltsame Runde. »Da ist doch nichts dabei. Das hat mein Bruder auch schon gemacht! Erst recht gemein, dass ich mein Geld nicht zurückbekomme. Obwohl mein Bruder für ihn arbeitet!«

Marion und Tobias schauten ihn verwundert an.

»Dein Bruder arbeitet für die Zoohandlung?«, fragte Marion ihn mithilfe von Kambu.

Billy wiegte seine Antwort mit dem Kopf ab. »Na ja«, räumte er ein. »Nicht so richtig!«

»Sondern?«, hakte Tobias nach. »Und überhaupt: Was weißt du denn von den Tieren im Tierheim?«

»Mein großer Bruder hat schon mal für Herrn Schimmelpfennig zwei Katzen aus dem Tierheim geholt!«, erklärte der Junge. »Er hat dafür jeweils fünf Euro bekommen.«

»Fünf Euro?«, fragte Tobias.

Der Junge nickte. »Ja, okay. Ist nicht soo viel. Aber nur, um eine Katze aus dem Tierheim zu holen und zur Zoohandlung zu bringen. Dafür ist das doch ganz gut bezahlt!«

Marion hob die Hand. Sie musste erst einmal verarbeiten, was Billy da erzählte: Der Zoohändler kaufte sich Tiere aus dem Tierheim, um sie dann in seinem Laden anzubieten?

Das war doch gar nicht erlaubt! Wieso machte das Tierheim so etwas mit? Das alles ergab für Marion keinen Sinn.

»Er verkauft doch die Tiere gar nicht«, stellte Kambu klar. »Sonst hätten wir ja welche von ihnen in der Zoohandlung sehen müssen!«

»Und Herr Schimmelpfennig kauft die Tiere auch nicht«, ergänzte Tobias. »Sondern er lässt sie kaufen!«

»Und zwar auch unter anderen, erfundenen Namen«, ergänzte Marion.

Das konnte auch Billy bestätigen. Sein Bruder hatte genaue Anweisungen bekommen, was er beim Tierheim sagen sollte. Dem Bruder des Jungen war es egal gewesen. Er hatte sich darüber keine weiteren Gedanken gemacht. Immerhin gab es pro Katze fünf Euro!

Weshalb Herr Schimmelpfennig nicht selbst ging oder offiziell als Auftraggeber auftrat, lag auf der Hand: Katja und Maria vom Tierheim würden ihre Tiere niemals an eine Zoohandlung abgeben.

Aber genau da tauchten die Tiere ja nie auf. Ihre Gedanken drehten sich im Kreis. Sie kamen nicht dahinter, was das alles zu bedeuten hatte. Nur eines war für Marion sonnenklar: In Herrn Schimmelpfennigs Zoohandlung ging etwas nicht mit rechten Dingen zu. Leider hatte Kambu seine Nachforschungen bei den Tieren nicht fortsetzen können, weil Billy dazwischengekommen war und Kambu gestohlen hatte.

»Das konnte ich doch nicht wissen, dass du ein Detektiv-Chamäleon bist!«, verteidigte sich der.

Die Runde verstummte. Niemand wusste, wie es jetzt weitergehen sollte.

»Professor Barriga!«, bellte Bernhard plötzlich. »Der hätte bestimmt eine Idee!«

Doch Pfiffigunde war skeptisch. Zwar war auch sie überzeugt, dass Professor Barriga eine Lösung parat hätte, aber jetzt waren sie gerade alle so schön außerhalb des Tierheimes. Kehrten sie erst einmal dorthin zurück, wäre es nicht so einfach, erneut herauszukommen.

»Also für euch, meine ich«, fügte sie an. »Ich komme natürlich jederzeit überallhin, wohin ich will. Aber wenn ich an die blöden Hühner denke …«

Hertha reagierte nicht auf die Beleidigung, weil sie Pfiffigunde nicht verstanden hatte. Henriette aber gackerte sofort empört. Aus sicherem Abstand, selbstverständlich.

»Plustere dich nicht so auf!«, bellte Bernhard das Huhn an. »Zur Abwechslung könntet ihr ja auch mal eine Idee haben!«

»Ich hab mich gar nicht aufgeplustert«, beschwerte sich Hertha. Aber sie war gar nicht gemeint. Gemeint war Henriette, aber die konnte eben Hunde nicht verstehen.

»So kommen wir nicht weiter!«, ging Marion dazwischen. »Schluss jetzt. Wir müssen Professor Barriga fragen, was wir tun sollen. Eine andere Möglichkeit sehe ich auch nicht!«

»Darf ich mal etwas fragen?«, mischte sich Billy ein. »Wer ist denn Professor Barriga? Und was habt ihr immer alle mit einem Hängebauchschwein?«

Kambu erklärte es ihm.

Billy wünschte sich, er hätte nicht gefragt.

Marion hatte eine Idee. Die Tiere sollten in der Nähe der Zoohandlung warten. Sie, Tobias und Kambu würden zurück zum Tierheim laufen und Barriga fragen, was sie tun sollten.

»Ihr wollt wirklich ein Hängebauchschwein fragen?«, vergewisserte sich Billy.

Als Antwort ertönte ein launisches Grunzen aus der Tür.

Alle drehten sich um und wären vor Staunen beinahe umgekippt: Dort stand in voller Größe und Breite Professor Barriga!

»Wie kommst du denn hierher?«, fragte Tobias. »Ich denke, du kannst nicht so weit laufen?«

Barriga grunzte und Kambu übersetzte: »Katja

fährt einmal täglich mit dem Auto zum Einkaufen fürs Tierheim. Barriga hat sich einfach auf die Ladefläche gelegt und sich in die Stadt fahren lassen. Wie mit einem Taxi!«

Tobias und Marion lachten.

Billy glaubte immer noch, alles nur zu träumen.

»Von wegen einfach. Wisst ihr, wie schwer es ist, mit so kurzen Beinen auf die Ladefläche des Autos zu klettern?«, beschwerte sich Barriga.

Für Marion war es immer noch rätselhaft, wie Barriga sie hier unten im Keller gefunden hat.

Doch das war für Barriga kein Problem gewesen. »Ihr Menschen werdet nie verstehen, was eine gute Nase ist«, antwortete er.

Schnell informierte Kambu ihn über den Stand der Dinge. Und so, wie sie gehofft hatten, hatte Barriga auch gleich eine Idee parat.

»Es ist doch sonnenklar!«, rief er in die Runde – was natürlich erst wieder von Kambu übersetzt werden musste.

»Einer von uns muss in der Zoohandlung übernachten!«

»Ich auf keinen Fall!«, rief Pfiffigunde sofort. »Dort riecht es mir zu unangenehm. Das können die blöden Hühner machen!«

»Gack!«, machten Hertha und Henriette, was soviel hieß wie: »Auf gar keinen Fall!«

Bernhard erklärte sich bereit, doch Barriga fiel ihm ins Wort: »Unsinn, Bernhard. Du doch nicht! Das kann nur einer machen!«

Alle sahen Barriga an. Sie konnten sich nicht vorstellen, wie ein ausgewachsenes, altes, unbewegliches Hängebauchschwein sich unbemerkt in einer Zoohandlung verstecken sollte. Aber an sich hatte Barriga auch gar nicht gedacht.

»Kambu natürlich!«, rief Barriga aus.

Pfiffigunde war mit der Wahl sehr zufrieden.

Die Hühner nickten zufrieden.

Nur Bernhard war ein ganz kleines bisschen beleidigt.

Kambu aber erschrak ebenso wie Marion.

»Wieso Kambu?«, fragte sie.

»Na, weil er am kleinsten ist!«, lautete die logische Antwort von Barriga. »Den können wir rein- und rausschmuggeln. Er kann sich dort unbemerkt bewegen und vor allem: Er kann sich mit allen Tieren unterhalten. Also sie befragen.«

Marion musste einsehen, dass Barriga recht hatte. Aber für sie war ebenso sonnenklar: Sie würde ihren Liebling nicht allein lassen. Wenn Kambu nachts in der Zoohandlung spionieren ging, dann ging sie mit.

»Aber …«, wollte Barriga einwenden.

»Basta!«, machte Marion. Und dafür brauchte sie

nicht einmal einen Übersetzer. Alle anderen verstanden das auch so.

Blieb nur noch eine klitzekleine Frage, warf Tobias ein: Wie kamen sie nachts in die Zoohandlung hinein?

Das war eine sehr gute Frage, fanden auch Henriette und Hertha.

Die Antwort kam unerwartet und überraschend.

»Ich weiß es!«, rief Billy.

Große Aufregung

Zuerst war Marion und Tobias gar nicht wohl, bei dem Gedanken Billy dabeizuhaben. Dafür war er ihnen noch zu fremd und schließlich hatte er Kambu entführt. Aber andererseits mussten sie zugeben, dass er ja nichts von Kambu hatte wissen können. Und ansonsten machte er einen netten und vertrauenswürdigen Eindruck. Außerdem hatte er die ganze Diskussion um die Suche nach Klecks mitbekommen, einen guten Tipp gegeben und somit waren sich alle einig, ihn mitmachen zu lassen.

Nachdem diese Entscheidung getroffen war, hatte sich Billy erst noch einmal genauer vorgestellt: Er hieß Billy, das hatte er ja schon gesagt, wohnte im benachbarten Stadtteil von Marion und Tobias und war zehn Jahre alt.

Jetzt stand er gemeinsam mit Marion und Tobias auf der anderen Straßenseite gegenüber der Zoohandlung und wartete mit ihnen, dass Herr Schimmelpfennig seinen Laden schloss und nach Hause ging.

Mit ihnen zusammen warteten die Tiere: Pfiffigunde, Bernhard, Barriga und die beiden Hühner Henriette und Hertha.

Kambu natürlich auch. Er saß wie meistens auf Marions Kopf.

Tobias schaute sich unsicher um. Er verstand gar nicht, wieso nicht längst eine Polizeistreife vorbeigekommen war und sie fragte, weshalb sie mit so einer seltsamen Ansammlung von Tieren auf der Straße herumstanden. Auffälliger ging es kaum noch.

»Wir müssen hier weg!«, drängelte er. Marion winkte ab. Und auch Billy ließ sich nicht aus der Ruhe bringen.

Die Zoohandlung lag nicht gerade zentral, sondern in einer kleinen Seitenstraße, durch die selten jemand kam. Das war für das Geschäft zwar ein äußerst schlechter Standort, aber für Marion und ihre Freunde im Moment sehr günstig.

»Wir können hier nicht weg, ehe nicht Herr Schimmelpfennig seinen Laden verlassen hat«, machte Marion Tobias klar. Sie war sich sicher, dass es jeden Augenblick so weit sein musste. Immerhin war es schon halb sieben durch. Der Laden hatte seit 18 Uhr geschlossen.

Doch es tat sich nichts.

»Was macht der denn noch so lange da drinnen?«, fragte Tobias.

Ungeduldig tippelte er von einem Bein aufs andere. Immer wieder sah er auf die Uhr.

»Ich muss spätestens um halb acht zu Hause sein!«

Und das war schon eine halbe Stunde später als üblich. Er hatte lange gebraucht, um seiner Mutter dieses Zugeständnis abzuschwatzen.

Auch Marion wurde langsam ungeduldig. Sie hatte zu Hause behauptet, im Tierheim würde eine Katze Junge bekommen und so durfte sie so lange im Tierheim bleiben, bis die Jungen auf der Welt waren. Das war zwar geschwindelt und Marion hatte auch ein schlechtes Gewissen deswegen. Andererseits war sie schließlich unterwegs, um ihre Katze Klecks zu retten. Für so ein hohes Ziel durfte man auch schon mal schwindeln, fand sie.

Trotzdem fand sie es nicht gut, sich hier die Beine in den Bauch zu stehen und nichts tun zu können. Man sollte mal nachsehen, schlug sie vor.

Alle stimmten ihr zu.

Aber wer sollte das tun?

»Pfiffigunde!«, bestimmte Barriga.

Er drehte sich zu der Katze um, um die Aktion mit ihr zu besprechen. Doch Pfiffigunde war verschwunden.

»Wo ist sie?«, wunderte sich das Hängebauchschwein.

Henriette wusste es. Denn aus lauter Angst vor der Katze, ließ sie Pfiffigunde niemals aus den Augen.

»Dort!«, gackerte sie. Und zeigte mit ihrem Flügel zu einem Baum, der einige Meter weiter am Straßenrand stand.

Pfiffigunde lag auf einem dicken Ast und …

»Sie schläft!«, empörte sich Bernhard.

Er war so wütend, dass er ohne weiter nachzudenken auf den Baum zulief und die Katze anbellte.

»Komm zurück!«, rief Tobias.

Doch Bernhard war außer sich.

Barriga schüttelte nur seinen dicken Kopf und bestimmte, dass dann eben eines der Hühner nachsehen müsste, was in der Zoohandlung los war. Ein lautes Gegacker war die Folge.

»Schscht!«, machte Billy. »Seid ihr verrückt, ihr dummen Hühner?«

»Gack!«, machte Henriette.

Marion raufte sich die Haare. Sie wollten sich leise an- und in die Zoohandlung hineinschleichen und warteten nur auf den günstigsten Moment. Stattdessen schlief Pfiffigunde im Baum, Bernhard kläffte, die Hühner gackerten, Tobias brüllte dem Hund hinterher und das Hängebauchschwein grunzte die Hühner an, die laut gackerten!

Auffälliger ging es ja wohl nicht mehr!

Und prompt erschien Herr Schimmelpfennig vor der Tür, um zu sehen, was das für ein Krach war.

Jetzt ist alles aus!, dachte Marion.

»Mist!«, kommentierte Tobias.

Herr Schimmelpfennig stand vor seinem Laden, stützte die Hände in die Hüften und schaute hinüber auf die andere Straßenseite.

»Was ist denn da los?«, rief er.

In dem Moment hatte Barriga eine Idee.

»Wunderbar!«, grunzte er. »Das ist unsere Chance! Los, mach weiter, Bernhard!«

»Was?«, entrüstete sich Tobias. »Der kläfft doch die ganze Nachbarschaft zusammen!«

»Ja eben!«, freute sich Barriga. »Eine bessere Ablenkung gibt es doch gar nicht! Los, los. Weiter!«

Und tatsächlich. Barrigas Idee ging auf.

Bernhard kläffte, was das Zeug hielt.

Pfiffigunde erwachte, schaute böse zu Bernhard hinunter und fauchte ihn verärgert an.

Herr Schimmelpfennig hörte die Katze, sah, dass der große Bernhardiner sie verfolgte und lief hinüber, um die Katze zu schützen.

»Jetzt!«, grunzte Barriga.

»Was *jetzt*?« Tobias begriff nicht.

»Na, rein ins Geschäft!«, drängte Barriga.

»Aber ...!«, wollte Tobias einwenden.

Marion schaltete schneller. Eine gute Idee fand sie, hielt Kambu fest, der auf ihrer Schulter saß und rannte über die Straße.

Kurz vor dem Eingang blieb sie stehen und schaute zurück. Tobias und Billy waren nicht mitgekommen. Sie standen noch immer auf der anderen Seite der Straße neben Barriga und den Hühnern.

Wild gestikulierte Marion.

Kambu brauchte nicht zu übersetzen. Tobias verstand die Gebärdensprache von Marion. Das war sehr praktisch, denn so hörte Herr Schimmelpfennig nichts von der stummen Unterhaltung.

»Was sagt sie?«, fragte Billy.

»Dass wir mit ihr gehen sollen!«, übersetzte Tobias. Aber er wollte nicht. Er musste nach Hause. Es wurde höchste Zeit. Er konnte unmöglich …

Doch da hatte Billy ihn schon am Ärmel gefasst und riss ihn mit sich.

»Halt!«, protestierte Tobias.

Aber Billy hielt nicht und rannte mit Tobias im Schlepptau hinüber zu Marion.

»Endlich!«, sagte Marions Gesichtsausdruck. Dann huschte sie ins Zoogeschäft hinein. Billy hinterher. Und widerwillig auch Tobias.

»O Mann!«, stöhnte Tobias. »Wenn Herr Schimmelpfennig uns erwischt, dann …«

»Er wird uns nicht erwischen!«, fuhr Billy ihm über den Mund. »Los, dorthin!«

»Nichts anfassen!«, kreischte der Papagei.

Entsetzt sah Marion zu ihm. Der kreischende Vogel würde sie noch verraten.

»Bring ihn zur Ruhe!«, forderte Marion von Kambu, der sofort Kontakt zu dem Papagei aufnahm. Dadurch kreischte nun aber nicht nur einer, sondern zwei Papageien.

Tobias hielt sich die Ohren zu.

Herr Schimmelpfennig draußen wurde sofort aufmerksam. Sein Papagei funktionierte besser als eine Alarmanlage. Wenn der Vogel so sehr kreischte, war jemand in seinem Laden. Aber wo kam der zweite Papagei her?, fragte sich der Zoohändler. Für einen Moment überlegte er, was er mit der Katze und dem Bernhardiner machen sollte. Dann entschied er sich, die Katze alleinzulassen und lief zurück zu seinem Geschäft.

Aufmerksam hob Pfiffigunde ihren Kopf. Sie hatte mitbekommen, dass die drei Menschenkinder in die Zoohandlung gelaufen waren.

»Halt ihn auf!«, befahl Pfiffigunde dem Hund.

Bernhard sah Herrn Schimmelpfennig nach. Im Gegensatz zur Katze hatte er die Kinder nicht gesehen. Deshalb wusste er auch nicht, warum er sich dem Zoohändler in den Weg stellen sollte.

»Nun mach, du blöder Hund!«, fauchte Pfiffigunde. »Während du hier herumkläffst, sind die Kinder in den Laden gelaufen! Also los! Wird's bald!«

Bernhard begriff endlich. Sofort hetzte er dem Zoohändler hinterher.

Tobias sah unterdessen aus dem Fenster und Herrn Schimmelpfennig auf sich zukommen.

»O Gott, er kommt! Er kommt!«, rief Tobias nervös.

»Nichts anfassen!«, krächzte der Papagei.

»Halt endlich den Schnabel!«, krächzte Kambu in Papageiensprache.

Billy rollte sich unter ein Bord, aber der Spalt, in den er schlüpfen wollte, war schmaler als er vermutet hatte. Mit dem Hintern stieß er gegen das Regal. Ein Goldfischglas kippelte und drohte herunterzufallen. Marion sah es und sprang auf das Glas zu.

»Er kommt!«, schrie Tobias.

Billy kam wieder unter dem Bord hervor, weil er nicht drunterpasste. Dabei stieß er noch mal gegen das Regal.

Das Goldfischglas kippte nun vollends.

Marion war zur Stelle.

Das Goldfischglas fiel.

Billy ging in Deckung, weil er glaubte, er bekäme das Glas auf den Kopf.

Der Papagei krächzte: »Nichts anfassen!«

Kambu verzweifelte.

Marion fing das Glas mit beiden Händen auf.

Und Tobias rief: »Er hat ihn!«

Denn in dem Moment hatte Bernhard Herrn Schimmelpfennig am Hosenboden erwischt.

Marion stellte den Goldfisch schnell zurück an seinen Platz.

Tobias kniff die Beine zusammen. Vor Aufregung machte er sich fast in die Hose.

Bernhard riss an Herrn Schimmelpfennigs Hinterteil.

Kambu gab es auf, den Papagei zu beruhigen.

Und Billy entdeckte eine Klappe im Fußboden. Er öffnete sie. Eine Treppe führte hinab in einen Kellerraum.

»Hier entlang!«

Tobias seufzte. Warum musste dieser Billy sich immer in Kellerräumen verstecken?

Marion wollte als Erste durch die Luke in den Keller schlüpfen. Doch Kambu hielt sie auf. »Warte!«

»O Mann!«, stöhnte Billy. »Nun kommt endlich!«

»Ja!«, stimmte Tobias ihm nun zu. Denn Herr Schimmelpfennig hatte Bernhard abgeschüttelt. Zwar hatte er nun ein großes Loch in seiner Hose. Aber Bernhard stand mit dem Stofffetzen im Maul da und konnte den Zoohändler nicht mehr halten.

»Blöder Hund!«, fauchte Pfiffigunde ihm zu. Doch das verstand Tobias nicht.

Billy stieg die Leiter hinunter in den Keller.

Tobias folgte ihm.

Nur Marion wartete hippelig auf Kambu.

»Was hast du denn?«, fragte sie ihn in Gebärdensprache. Doch Kambu hatte nicht hingesehen. Er zischte etwas in Chamäleonisch, was Marion nicht verstand.

Und plötzlich sah Marion, was Kambu da trieb. Er hatte ein anderes Chamäleon gerufen, das in unendlicher Langsamkeit auf sie zuschlich.

»Das ist Kambulea«, stellte Kambu das Chamäleon vor.

Marion fasste es nicht. Natürlich hatte sie nichts dagegen, wenn Kambu ein nettes Weibchen kennenlernte, doch jetzt war nun wirklich nicht die Zeit dafür. Herr Schimmelpfennig war ihnen auf den Fersen.

»Sie kann uns helfen!«, beteuerte Kambu.

Marion sah ihn skeptisch an. Während Marion in höchster Eile war, trabte Kambulea gemächlich über den Boden. Sie musste aufpassen, dabei nicht von einer Schnecke rechts überholt zu werden. Marion riss der Geduldsfaden. Sie sprang auf Kambulea zu und setzte sie sich auf ihre freie Schulter. Schnell machte sie noch ein Zeichen, dass beide Chamäleons, die nun links und rechts auf ihren Schultern saßen, sich gut festhalten sollten, und schon schlitterte Marion bäuchlings über den Boden wie auf einer Eisbahn und ließ sich in die Luke plumpsen. Die beiden Chamäleons schrien auf. Kambulea wegen der Geschwindigkeit und Kambu vor Schreck.

Marion purzelte kopfüber die Treppe hinunter. Billy schloss die Luke hinter ihr. In dem Moment stürzte Herr Schimmelpfennig in den Laden und der Papagei schrie: »Nichts anfassen!«

Marion stöhnte. Alle Knochen taten ihr weh.

»Hoffentlich hast du dir nichts gebrochen!«, sagte Tobias besorgt. Er flüsterte so leise er konnte, damit bloß Herr Schimmelpfennig oben im Laden nichts mitbekam.

Deutlich waren seine Schritte zu hören. Herr Schimmelpfennig schien aufgeregt hin und her zu gehen, als ob er etwas suchte.

»Der sucht *uns*!«, war Billy sich sicher. Auch er flüsterte besonders leise.

Marion tastete ihre Arme und Beine ab. Offenbar war sie mit einigen blauen Flecken davongekommen. Langsam rappelte sie sich auf und schaute sich um, wo sie überhaupt waren. Leider konnte sie kaum etwas sehen. Hier unten war es stockfinster. Und selbst, wenn sie gewusst hätte, wo der Lichtschalter war, hätte sie das Licht nicht angeknipst. Zu groß war die Gefahr, dass ein Lichtschein sie verraten hätte. Umgekehrt waren die fahlen Lichtstrahlen, die von oben aus dem Laden durch die Spalten und Risse des Holzfußbodens fielen, die einzige Lichtquelle, die Marion und ihre Freunde hier unten hatten. Marion erkannte unscharf ein paar aufgestapelte Kisten. Tierfutter, vermutete sie.

Einen weiteren Ausgang als die Luke, durch die sie gekommen waren, sah sie nicht. Sie überlegte, wo sie sich verstecken sollten, falls Herr Schimmelpfennig unverhofft nach unten kommen würde.

Aber noch waren seine Schritte zu hören. Auf und ab. Auf und ab.

Marion begriff, was Herr Schimmelpfennig dort oben tat: Er telefonierte und ging dabei hin und her. Denn sie hörte auch seine Stimme. Leider konnte sie nur einzelne Wortfetzen verstehen.

Eines der Worte, das sie aufschnappte, war *Katzenallergie.*

Kambu hatte etwas Ähnliches gehört: »Allergie-Katze!«

Billy lachte auf. »Allergie-Katze! Was soll das denn sein? Das heißt Katzenallergie!«

Aber Kambu wiederholte, was *er* verstanden hatte: Allergie-Katze.

Billy schüttelte den Kopf. Und nieste.

»Gesundheit!«, wünschte Tobias ihm.

»Danke!«, antwortete Billy. »Seht ihr? Das ist eine Katzenallergie! Immer, wenn ich Katzenhaare spüre, muss ich niesen. Wenn Katzen in der Nähe sind, kann es so schlimm werden wie bei einer starken Grippe. Ich bekomme dann fast keine Luft mehr.«

Aber hier unten im Keller gab es keine Katze. Oder? Sofort schaute sich Marion nach Klecks um. Sollte sie etwa hier unten sein und Marion hatte es nicht bemerkt?

Doch auch Tobias hatte nichts von einer Katze gesehen. Er fragte Billy, warum er hier unten im Keller niesen musste.

Billy nieste.

»Bis vor Kurzem waren hier Katzen!«, war er sich sicher.

Wenn sie nur Licht hätten!, ärgerte sich Marion. Dann hätten sie den Raum wenigstens genau untersuchen können.

»Achtung – Hatschi – er kommt!«, warnte Billy.

In dem Moment öffnete sich auch schon die Luke.

Marion erstarrte vor Schreck. Wo sollten sie sich nur derart schnell verstecken?

Immerhin konnten sie für einen Moment etwas sehen, denn durch die offene Luke schien nun genug Licht, um den Raum auszuleuchten.

Sofort erkannte Marion einen wesentlichen Irrtum. Das, was sie für Kisten mit Tierfutter gehalten hatte, waren in Wahrheit Käfige! Leere Käfige!

Aber auch in denen konnten sie sich unmöglich verstecken! Marion sah, wie auch Tobias und Billy sich verzweifelt nach einem Versteck umschauten.

Herr Schimmelpfennig hatte schon die ersten Stufen betreten.

Marion zwängte sich zwischen zwei Käfigstapel. Sie passte nicht recht in die Lücke, aber immerhin war sie von der Treppe fort, sodass sie nicht gleich auf den ersten Blick gesehen werden konnte. Billy hatte sich flach unter die Treppe gelegt.

Nur Tobias stand noch immer ratlos mitten im Raum, tippelte von einem Bein aufs andere und wusste nicht, wohin er sollte.

Marion hörte die Treppe knarzen. Noch ein oder zwei Schritte, dann würde Herr Schimmelpfennig Tobias entdeckt haben. Ohne weiter zu überlegen, sprang sie vor, packte Tobias am Ärmel und zog ihn zu sich. Dann presste sie sich wieder zwischen die Käfige, Tobias stand nun direkt vor ihr. Die Treppe knarzte erneut. Herr Schimmelpfennig kam näher.

Gleich hat er uns!, glaubte Marion.

In dem Moment klingelte oben im Laden das Telefon!

»Verflucht!«, schimpfte Herr Schimmelpfennig, kehrte um, stieg die Treppe wieder hinauf, ging ans Telefon und rief: »Ja? Hallo?«

Die Luke hatte er offen gelassen!

Marion atmete tief durch. Aber es blieb keine Zeit zum Verschnaufen. Sie erkannte ihre Chance.

Nur wenige Minuten, vielleicht gar nur Sekunden blieben ihnen, das Licht von oben zu nutzen, um sich umzusehen und vielleicht doch noch einen Ausgang zu finden.

Billy krabbelte unter der Treppe hervor. Und Tobias erholte sich nur langsam von dem Schreck, beinahe entdeckt worden zu sein.

Marion warf einen Blick in einen der Käfige und hielt den Atem an.

Das konnte doch nicht sein!

Sie rieb sich die Augen, weil sie nicht glauben konnte, was sie da entdeckt hatte: Klecks' Flohhalsband! Sie zeigte es Tobias und Billy.

Billy konnte es sich gar nicht ansehen, so sehr musste er niesen.

Auch Tobias hegte keinen Zweifel. Klecks' Halsband war unverwechselbar: rosa mit silbernem Glitzer! Tobias wusste, wie lange Marion nach einem solchen Halsband gesucht und letztlich doch keines gefunden hatte. Dieses Halsband war ein Geschenk von Marions Tante, die es auf einem Markt in Hongkong entdeckt hatte. Hierzulande gab es solche Halsbänder nicht. Es gab keinen Zweifel: Marions Katze war hier gewesen.

Doch wo war Klecks jetzt?, fragte sich Marion. Hatte Herr Schimmelpfennig sie verkauft? An wen? Marion beschloss, ihn zu fragen.

Gerade wollte sie zur Treppe und hinauf in den Laden gehen, als Tobias sie festhielt. »Warte!«

Wieder kam jemand von oben. Aber diesmal war es nicht Herr Schimmelpfennig. Denn auf der Treppe tauchten jetzt Turnschuhe auf. Herr Schimmelpfennig aber trug schwarze Halbschuhe. Es gab keinen Grund, weshalb Herr Schimmelpfennig dort oben in seinem Laden in den vergangenen Minuten die Schuhe gewechselt haben sollte. Es war also ein weiterer Mann gekommen.

Marion hielt es für besser, auf Tobias zu hören und abzuwarten. Erst einmal wollte sie versuchen, herauszubekommen, was hier vor sich ging, bevor sie den Zoohändler zur Rede stellte.

Billy hatte das beste Versteck gehabt, fand sie. Und so versteckten sich alle drei schnell unter der Treppe.

In dem Augenblick setzten sich die Turnschuhe auf der Treppe langsam wieder in Bewegung. Sein Träger ächzte und stöhnte dabei. Er trug etwas die Treppe hinunter.

Mit einer Sackkarre polterte er Stufe für Stufe in den Keller.

Ein Rad der Karre quietschte. Und so ergab sich ein seltsames Geräusch.

Quiiiiieeetsch! Das Rad.

Plopp! Die Treppe.

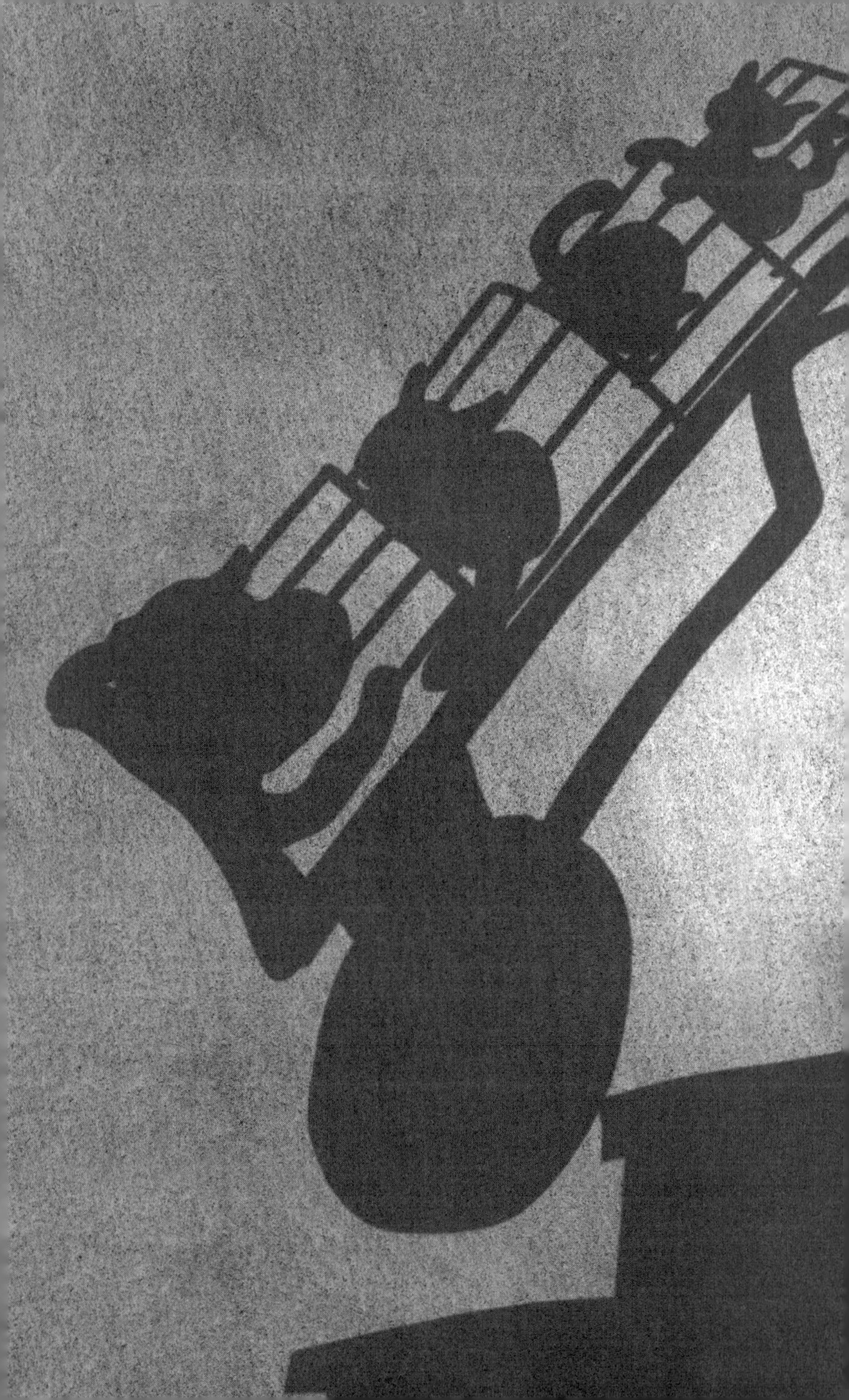

Quiiieeetsch! Das Rad.

Plopp! Die Treppe.

Erst kam die Karre, dann der Turnschuhträger.

Und dann sah Marion, dass ihr etwas fehlte. Kambu und Kambulea saßen nicht mehr auf ihren Schultern! Sie entdeckte die beiden auf der Treppe vor ihr! Waren die verrückt geworden? Was taten sie da? Nur noch zwei, drei Schritte, dann würde die Sackkarre sie überrollen!

Durch die Treppe hindurch konnte Marion sie nicht erreichen. Ihr Arm passte nicht durch den schmalen Abstand zwischen den Stufen. Sie musste ihr Versteck aufgeben, um die Treppe herumlaufen und sich der Gefahr aussetzen, von dem Turnschuhträger erwischt zu werden. Himmel, weshalb hatte sie nicht besser aufgepasst? Warum nur war Kambu auch so unvorsichtig? Offenbar vergaß er alles nur wegen dieses Chamäleon-Weibchens!

Immerhin schielte er mit einem Auge in diesem Moment zu ihr. Marion schimpfte mit ihm in Gebärdensprache.

Und Kambu antwortete – damit der fremde Mann es nicht mitbekam – ebenfalls in Gebärdensprache. Normalerweise konnte Kambu die Gebärdensprache zwar verstehen, sprach selbst aber laut und deutlich. Um unentdeckt zu bleiben, machte er diesmal aber selbst auch Gebärden. Das sah so lustig aus, dass Marion beinahe lachen musste. Doch die Lage war zu ernst. Und das, was Kambu ihr zu sagen hatte, war nur schwer von Marion abzulesen. Die Gebärdensprache war eben nicht für langsame Chamäleon-Finger erdacht worden. Manches musste Kambu dreimal wiederholen, ehe Marion es verstand.

Aber das, was Kambu sagte, ließ Marion den Atem stocken.

Denn ihr kleiner Freund war keineswegs dabei, mit dem Chamäleon-Weibchen zu flirten, wie sie vermutet hatte. Sondern die beiden hatten einen Entschluss gefasst: »Wir müssen hinauf zu dem fremden Mann ins Auto!«

Marion hielt die Luft an. Jetzt waren die Chamäleons offenbar vollkommen durchgedreht.

Der fremde Mann kam die Treppe herunter. Es war zu spät für Marion, die beiden noch rechtzeitig von der Treppe zu ziehen. Kambu und Kambulea drückten sich links und rechts so weit es ging jeweils in die Ecken der Treppenstufe.

Kambu redete weiter in der Gebärdensprache, denn jetzt durften sie keine Zeit mehr verlieren.

»Kambulea hat gesagt, der fremde Mann kommt regelmäßig«, berichtete Kambu schnell. »Er tauscht die Käfige aus. Er bringt neue Katzen und holt die leeren Käfige ab. Manchmal auch umgekehrt. Er hat auch Klecks mitgenommen. Wir müssen ihm folgen, dann führt er uns zu Klecks!«

Marion kaute nervös an ihren Fingernägeln. Wie sollten sie dem Mann folgen, ohne gesehen zu werden? Aber Kambu hatte recht! Wenn Kambuleas Information stimmte und er sie zu Klecks führte, dann mussten sie irgendwie dem Mann folgen.

Irgendwie! Marion dachte angestrengt nach, aber ihr fiel nicht ein, wie.

Der Mann rumpelte weiter mit seiner Sackkarre die Treppen hinunter. Die Räder der Karre schrammten knapp an den beiden Chamäleons vorbei.

Der Mann war nun unten im Keller angekommen. Und tatsächlich: Auf der Karre stand ein Stapel mit Käfigen. In jedem Käfig saß eine Katze!

Das war zu viel für Billy.

Er kniff sich mit aller Gewalt seine Nase zu, um das Niesen zu unterdrücken.

Tobias tippte Marion in die Seite und zeigte aufgeregt auf die oberste Kiste.

Jetzt sah Marion es auch. In der obersten Kiste lag Pfiffigunde!

Herr Schimmelpfennig hatte sie eingefangen!

»Unsinn!«, blaffte Pfiffigunde Kambu in der Katzensprache an, die der Mann natürlich nicht verstand. »Meinst du, ich lasse mich fangen, wenn ich es nicht will? Wofür hältst du mich?«

Pfiffigunde hatte sich freiwillig einfangen lassen?, wunderte sich Marion.

»Wie hätte ich denn sonst zu euch kommen sollen, um nach euch zu sehen, hä? Könnt ihr mir das vielleicht sagen?«

Das konnte Marion nicht. Sie gab zu, es war eine gute Methode gewesen, zu ihnen zu gelangen. Die Frage war nur, wie kam Pfiffigunde aus dem Käfig wieder hinaus, zurück in die Freiheit?

»Also so eine blöde Frage!«, schimpfte Pfiffigunde. »Ihr lasst mich selbstverständlich wieder heraus!«

Marion stutzte. Wie sollten sie das machen, ohne gesehen zu werden?

Pfiffigunde schüttelte verständnislos den Kopf. »Wir haben euch doch gesagt, dass wir eine äußerst fähige Detektivgruppe sind. Meint ihr vielleicht, wir hätten nichts vorbereitet?«

Marion gab's auf. Jede Einzelheit musste man dieser mürrischen, launischen Katze aus der Nase ziehen. Sie sprach in Rätseln, und wenn man nachfragte, tat sie so, als wäre man selbst vollkommen verblödet.

Der Mann stapelte die Kisten schon an einer Wand auf und lud die leeren auf die Karre. Genauso wie Kambulea es gesagt hatte. Wenn sie ihm folgen wollten, dann mussten sie es jetzt tun. Nur wie?

Marion hielt es in ihrem Versteck kaum noch aus. Wenn sie nur eine Idee hätte, was sie tun sollten. Oder wenn diese mürrische Katze endlich mal erzählen würde, was der tolle Detektivclub sich ausgedacht hatte. Schon möglich, dass hinter Pfiffigundes Worten tatsächlich ein genialer Plan von Barriga steckte. Es konnte aber genauso gut sein, dass alles nur heiße Luft war und es gar keinen Plan gab. Vielleicht wollte sich Pfiffigunde nur wichtigmachen oder nicht zugeben, wie leicht sie sich von Herrn Schimmelpfennig hatte fangen lassen.

Ein letztes Mal unternahm Marion den Versuch, etwas aus Pfiffigunde herauszubekommen.

»Was sollen wir denn jetzt tun?«

»Abwarten!«, antwortete Pfiffigunde.

Wie Marion es befürchtet hatte. Pfiffigunde und ihr toller Detektivclub hatten offensichtlich gar keinen Plan.

Der Mann hatte seine Karre fertig umgepackt und stieg die Treppe wieder hinauf.

Jetzt mussten sie hinterher. Für Marion war das gar keine Frage. Sie stand auf und wollte dem Mann folgen.

Doch Pfiffigunde rief sie zurück: »Warte!«

»Worauf?«, wollte sie gerade fragen, als oben ein fürchterliches Gepolter losging.

»O nein!«, hörte Marion Herrn Schimmelpfennig schreien. »Wie kommt denn ein Schwein hier herein? Nicht ... nicht an das Aquarium, nein!!!«

Marion hörte, wie etwas scheppernd auf dem Steinfußboden zerschellte.

»Jetzt!«, rief Pfiffigunde Kambu zu, der es für die anderen übersetzte. »Die Treppe hinauf. Versteckt euch hinter der Bodenklappe!«

Das war eine super Idee! Endlich begriff Marion, was die Tierdetektive sich ausgedacht hatten. Sie würden Herrn Schimmelpfennig und den Mann oben so sehr ablenken, dass Marion, Tobias, Billy und die beiden Chamäleons unbemerkt in den Lastwagen des Mannes springen konnten.

Marion gab den anderen ein Zeichen.

Tobias und Billy spurteten los.

Marion packte sich die beiden Chamäleons wieder auf die Schulter und wollte hinterher. Doch Pfiffigunde hielt sie abermals auf.

»Du musst hierbleiben!«, wies Pfiffigunde sie an.

»Wieso?«

»Wieso?«, wiederholte Pfiffigunde giftig. »Bist du verrückt? Meinst du, ich will hier im Käfig verschimmeln?«

O ja! Natürlich!, fiel Marion ein. Jemand musste die Katzen ja befreien.

Billy und Tobias schauten vorsichtig aus der Luke hervor und sahen ein einziges Chaos in der Zoohandlung. Billy hielt sich immer noch die Nase zu. Obwohl sein Drang zu niesen deutlich nachließ. Die Katzen waren ja unten im Keller.

Das fette Hängebauchschwein Barriga hatte tatsächlich ein Aquarium vom Regal gestürzt.

Auf der Stange links und rechts vom Papagei hockten Hertha und Henriette und gackerten so laut sie konnten.

Herr Schimmelpfennig war damit beschäftigt, die Fische einzusammeln, die hilflos in der riesigen Wasserpfütze zwischen den Glasscherben herumzappelten.

Der fremde Mann wollte gerade die beiden Hühner am Hals packen. Doch Hertha und Henriette sprangen beiseite.

Der Papagei rief: »Nichts anfassen!«

Der Mann griff ins Leere.

Hertha und Henriette schoben mit ihren Schnäbeln die schwere Glasscheibe beiseite, die das Terrarium abdeckte, in dem zwei Schlangen lagen.

Sofort nahmen sie die Gelegenheit wahr, sich aus dem Terrarium davonzuschleichen.

»Die Schlangen!«, rief der Mann aufgebracht.

Herr Schimmelpfennig drehte sich zu ihm um und fasste sich verzweifelt am Kopf.

»O nein! Wer hat denn auch die Hühner hier hereingelassen?«

Barriga stampfte durch die Zoohandlung wie eine Planierraupe. Nichts war vor ihm sicher. Vogelkäfige kippten um, Säcke fielen aus den Regalen, platzten auf und verstreuten Stroh und Katzenstreu quer durch den Laden. Schlangen, Geckos, Vogelspinnen, Hamster und Meerschweinchen kreuchten und fleuchten, wieselten und krabbelten durch alle Ecken und Winkel von Herrn Schimmelpfennigs kleinem Geschäft.

Es war leicht für Billy und Tobias, sich schnell hinter dem offen stehenden Lukendeckel zu verstecken. Herr Schimmelpfennig und der fremde Mann hatten so viel um die Ohren, dass sie unmöglich darauf achten konnten, ob jemand aus dem Keller kam. Es piepte und krächzte, fauchte und quiekte, jaulte und miaute.

Miaute?

Herr Schimmelpfennig stutzte.

»Die Katzen!«, rief er plötzlich und stürzte die Treppe hinunter in den Keller. Hier oben nämlich gab es keine Katzen. Wenn es so herzzerreißend jaulte und miaute, musste es aus dem Keller kommen.

Herr Schimmelpfennig wäre die Treppe fast hinuntergefallen, so eilig hatte er es. Unten angekommen, schlug er die Hände über dem Kopf zusammen.

Alle Katzenkäfige standen offen. Die Katzen sprangen quer durch den Keller. Manche liefen auf Herrn Schimmelpfennig zu, kaum, dass sie ihn erspäht hatten, und begannen, seine Beine als Kratzbaum zu benutzen.

»Au!«, schrie Herr Schimmelpfennig auf, wobei er versuchte, die Katzen mit der Hand von seinen Beinen fortzuscheuchen. Gelang es ihm, eine Katze zu entfernen, kamen sogleich zwei neue, die sich mit ausgefahrenen Krallen an seinen Beinen zu schaffen machten.

»Hilfe!«, schrie Herr Schimmelpfennig. »Otto! Was ist mit den Katzen los? Wieso sind die Käfige offen? Au! Au! Hilfe! Otto!«

Natürlich konnte der fremde Mann, der offenbar Otto hieß, auch nicht ahnen, was mit den Katzen los war. Woher hätte er auch wissen sollen, dass das Chaos im Keller exakt nach dem Plan verlief, den Pfiffigunde den Katzen eingeschärft hatte.

Otto rannte hinunter in den Keller, um nach Herrn Schimmelpfennig zu sehen.

Dies ermöglichte Tobias und Billy, in aller Seelenruhe die Zoohandlung zu verlassen und sich auf der Ladefläche von Ottos Lieferwagen zu verstecken, auf dem Bernhard sie bereits erwartete. Dort konnte Billy endlich zweimal kräftig niesen und sich ausschnäuzen.

Auch Marion, Kambu und Kambulea sowie Pfiffigunde konnten unbemerkt die Treppe hinaufschleichen. Herr Schimmelpfennig und Otto waren zu sehr mit den wild gewordenen Katzen beschäftigt.

Oben wurden sie von Barriga und den beiden Hühnern empfangen.

»Ab auf den Lieferwagen! Die anderen sind schon da!«, berichtete Barriga. Er verließ die Zoohandlung als Letzter und kletterte unter großen Mühen und Ächzen zu den anderen auf die Ladefläche. Sie versteckten sich hinter den leeren Käfigen, die Otto schon aufgeladen hatte.

»Jetzt brauchen wir nur noch warten«, sagte Barriga zufrieden. »Dieser Otto wird gleich kommen!«

Eine turbulente Autofahrt

Marion bezweifelte, dass Otto bald kommen würde. Dafür war das Chaos in dem Keller viel zu groß gewesen.

»Keine Sorge«, beruhigte Barriga sie. »Die Katzen beruhigen sich gleich!«

Denn auch das hatte Pfiffigunde mit den Katzen besprochen. Kaum hatte Pfiffigunde den Keller verlassen, wurden aus den wilden, fauchenden und kratzenden Bestien von einer Sekunde auf die andere, liebe zahme Kätzchen, die Herrn Schimmelpfennig umschnurrten und umschmeichelten. Mit ihrem weichen Fell schmiegten sie sich an seine Beine oder warfen sich auf den Rücken, räkelten sich, alle viere von sich gestreckt, um sich den Bauch streicheln zu lassen.

»Was ist denn nun los?«, wunderte sich Herr Schimmelpfennig.

Und um seine Verwunderung perfekt zu machen, kehrten manche der Katzen sogar freiwillig in ihre Käfige zurück. Pfiffigunde hatte ihnen hoch und heilig versprochen, dass sie mit den anderen Tieren zurückkehren würde, um alle Katzen zu befreien.

Nicht alle aber trauten Pfiffigunde. Die eine oder andere Katze nutzte die Gunst der Stunde und flüchtete aus dem Keller hinaus ins Freie.

Herrn Schimmelpfennig machte das in diesem Moment nichts aus. Er verfolgte sie nicht einmal. Er war nur froh, dass das Chaos in seinem Laden nachließ.

Denn auch oben beruhigte sich die Lage. Zwar lag noch immer das zerbrochene Aquarium auf dem Boden und er hatte es noch nicht geschafft, alle Fische einzusammeln und sie in ein anderes, rettendes Becken zu werfen. Auch wieselten noch verschiedene Kleintiere durch den Laden. Aber immerhin war eine Schlange zurück in ihr Terrarium gekrochen, um einen der Hamster zu verdauen, den sie sich geschnappt hatte.

Aber das Wichtigste für Herrn Schimmelpfennig war, dass von dem wild gewordenen Hängebauchschwein, das seinen Laden verwüstet hatte, nichts mehr zu sehen war.

Noch immer rätselte Herr Schimmelpfennig kopfschüttelnd, woher wohl das Hängebauchschwein und die beiden Hühner so plötzlich gekommen sein mochten. Und wohin sie nun ebenso plötzlich verschwunden waren.

Er hätte nur aus dem Schaufenster blicken müssen, um die Antwort zu erhalten.

Barriga hielt aus dem Lieferwagen heraus Ausschau nach Otto, der in diesem Moment die Zoohandlung verließ.

»Er kommt!«, rief Barriga und zog seinen fetten Schweinskopf zurück. »Wie ich gesagt habe!«

Marion mit Kambu und Kambulea, Tobias, Billy, Bernhard, Pfiffigunde und die beiden Hühner hatten sich gut hinter den Kisten auf der Ladefläche versteckt. Otto würde sie nicht sehen, wenn er die Tür des Wagens schloss.

Nur Barriga fand keinen Platz mehr. Das wurde ihm aber erst bewusst, als Otto schon im Anmarsch war. Schnaufend versuchte er, sich hinter die Kisten zu quetschen. Aber sosehr er auch drängelte und schubste. Es ging einfach nicht. Mehr als die Hälfte seines massigen Körpers schaute noch immer hervor.

»Es geht nicht!!«, stellte Bernhard fest. »Du bist zu groß!«

»Ich bin kleiner als du!«, erwiderte Barriga. Aber der Streit führte zu nichts. Es blieb zu wenig Platz hinter den Kisten.

Otto hatte seinen Wagen erreicht, hatte die Türklinke schon in der Hand, wollte gerade die Tür schließen, da …

… schoss ihm ein gackerndes Huhn entgegen und sprang ihm direkt ins Gesicht.

Otto schreckte zusammen, stolperte einige Schritte zurück und versuchte, sich das wild gewordene Huhn aus dem Gesicht zu schlagen.

Das Huhn landete auf der Straße.

»Mistvieh!«, schimpfte Otto. Er trat nach dem Huhn, während er die Tür des Lastwagens schloss, ohne dabei hinzugucken. Das Huhn hüpfte rechtzeitig beiseite.

Otto fluchte noch ein wenig vor sich hin, stieg dann vorn ins Fahrerhaus ein und startete den Wagen.

Drinnen auf der dunklen Ladefläche atmete Marion tief durch. Das war gerade noch mal gut gegangen. Ohne Herthas Geistesblitz, Otto entgegenzuspringen, wären sie mit Sicherheit entdeckt worden.

»Schnell!«, rief Tobias. »Der fährt gleich los! Wir müssen Henriette wieder hereinholen!«

»Henriette steht neben dir!«, stellte Pfiffigunde klar.

Henriette nickte so energisch, als ob sie gleich ein paar Körner picken wollte. Wohlweislich stand sie neben Tobias, möglichst weit entfernt von der heimtückischen Katze, der sie nie über den Weg traute.

Doch Tobias war's egal, ob nun Henriette oder Hertha sich noch auf der Ladefläche befand. Fakt war, dass das andere Huhn draußen auf der Straße herumhüpfte, während der Lastwagen schon losfuhr.

»Los!«, rief Tobias und stürzte zur Tür. Marion und Billy kamen sofort mit, um ihm zu helfen.

Tobias entriegelte die Sicherung und die linke Flügeltür schlug auf. Zu sehen war Hertha, die wild auf der Straße herumflatterte und verzweifelt versuchte, den Wagen zu erreichen.

»Sie ist zu langsam!«, stellte Tobias fest.

»Lahme Ente!«, kommentierte Billy.

»Nein, das ist ein Huhn!«, stellte Kambu richtig, weil er Billys Witz nicht verstanden hatte.

»Haltet mich!«, rief Tobias den beiden anderen zu.

Marion packte Tobias am linken Bein, Billy ihn am rechten. So fand Tobias genügend Halt, um sich weit aus dem anfahrenden Lastwagen herauszubeugen und zu versuchen, Hertha zu packen.

Hertha hüpfte, flatterte und gackerte.

Tobias streckte die Arme aus und bekam Hertha beinahe zu fassen. Aber eben nur beinahe. Es fehlte ein halber Zentimeter.

»Klappt es?«, wollte Barriga wissen. Und damit er über Tobias' Schulter hinweg etwas sehen konnte, stützte er sich mit den Vorderfüßen auf Tobias' Rücken.

»Au!«, schrie Tobias auf. »Du bist zu schwer. Runter von mir!«

»So schwer bin ich ja nun auch nicht!«, meckerte Barriga beleidigt, zog sich aber zurück.

Doch durch seine Aktion hatte Tobias wieder Raum verloren. Der Abstand zu Hertha hatte sich vergrößert.

Der Lastwagen beschleunigte.

Hertha gackerte entsetzt und aufgeregt.

»Ich schaffe es nicht!«, war Tobias sich sicher. »Lauf, Hertha. Lauf!«

Hertha lief nicht. Hertha sprang. Hüpfte. Flatterte.

»Warum auch können Hühner nicht fliegen!«, fand Billy. »Solche blöden Vögel!«

Hertha nahm all ihre Kraft zusammen, schlug so stark sie konnte mit den Flügeln, stieß sich mit ihren strammen Schenkeln vom Asphalt ab und gab alles.

In dem Moment bremste der Lastwagen scharf, weil jemand über die Straße lief.

Tobias, Marion und Billy purzelten über die Ladefläche. Barriga knallte mit einem lauten Rumms gegen die Seitenwand. Pfiffigunde miaute auf, weil der dicke Bernhard gegen sie gefallen war. Kambu und Kambulea krallten sich ängstlich an Marions Shirt fest. Henriette gackerte. Und weil Hertha volles Tempo hatte, schoss sie wie eine Kanonenkugel in den Wagen hinein.

Pfiffigunde konnte sich gerade noch ducken, um von dem fliegenden Huhn nicht abgeschossen zu werden.

Hertha kreischte. Einzelne Federn flogen durch die Luft. Dann setzte der Lkw langsam seine Fahrt mit offener Hecktür fort und alle waren an Bord.

Marion war gespannt, ob sich die Mühe gelohnt hatte und der Wagen sie wirklich zu ihrer Katze führen würde.

Überraschenderweise dauerte die Fahrt nicht lange. Nach nicht einmal zehn Minuten fuhren sie durch eine Einfahrt auf einen Innenhof.

»Das kurze Stück hätten wir auch zu Fuß gehen können«, fand Tobias.

Der Lkw hielt an. Jetzt kam es darauf an! Sie alle hatten es zwar geschafft, unbemerkt in den Wagen hineinzukommen. Wie aber sollten sie jetzt wieder hinauskommen? Wenn der Fahrer gleich seine Kisten ablud, würde er die blinden Passagiere unweigerlich entdecken. Es gab nur eine Lösung.

Marion gab Kambu ein Zeichen. Der verstand und übersetzte sofort für alle: »Raus! Schnell!«

Durch die offene Hecktür konnten sie den ganzen Innenhof überblicken. Die Luft war rein. Tobias sprang als Erster. Marion prüfte, ob die beiden Chamäleons gut auf ihren Schultern saßen, und sprang hinterher. Während Billy folgte, schauten Tobias und Marion sich schon um, wo sie sich am besten verstecken konnten.

Der Innenhof war eng und wurde von drei flachen Gebäuden umsäumt. Ein bisschen erinnerte er an den Innenhof im Tierheim. Jedes dieser drei Häuser hatte einen Hintereingang. An einem führte eine Außentreppe hinunter in einen Keller. Gegenüber waren meterhoch leere Käfige gestapelt. Ein gutes Versteck, wenngleich natürlich die Gefahr groß war, dass der Fahrer die leeren Kisten vom Wagen genau dorthin stellen würde. Aber viel mehr Zeit zum Überlegen blieb nicht.

Tobias und Marion sahen sich stumm an. Beide hatten den gleichen Gedanken. Damit war's entschieden.

»Dorthin!«, sagte Tobias den anderen.

Tobias und Marion liefen voran. Billy folgte. Alle drei verkrochen sich geduckt hinter die Kisten.

Bernhard sprang als Nächster auf den Innenhof und blieb einfach stehen. Pfiffigunde machte es ebenso.

Was tun die da?, dachte Marion. Wieso kommen die nicht hierher?

Kambu fragte sie, indem er einfach hinaus auf den Innenhof bellte und miaute.

Die Antwort war verblüffend einfach: Niemand, sagten die beiden, störe sich an einem streunenden

Hund oder einer Katze. Der Fahrer würde sie verscheuchen, aber kaum auf den Gedanken kommen, dass die beiden zu einer Detektivtruppe gehörten, die ihn verfolgte.

Da war es mit den beiden Hühnern schon schwieriger.

Henriette und Hertha standen gackernd am Rand der Ladefläche und trauten sich nicht herunter. Die eine hatte Angst vor Hunden, die andere vor Katzen. Und beide standen direkt vor ihnen.

Nun aber stieg der Fahrer schon aus.

»O nein!«, stöhnte Tobias. »Was trödeln denn die da herum?«

»Bernhard muss ihn ablenken!«, entschied Marion und gab ihre Idee an Kambu weiter. Der bellte es wieder über den Hof.

Bernhard freute sich auf seine Aufgabe.

Der Fahrer ging nach hinten, um abzuladen, aber plötzlich stand er einem knurrenden, zähnefletschendem, großen

Bernhardiner gegenüber. Ängstlich blieb der Mann stehen.

Pfiffigunde feixte. Wenn der Mann wüsste, was für ein lahmer, alter Knochen der Hund war, lästerte sie. Für den Mann aber war es natürlich nur ein unverständliches Miauen.

Immerhin war es nun Hertha schon mal möglich, vom Lastwagen zu hüpfen. Denn Bernhard war ja weg. Störte nur noch Pfiffigunde für Henriette.

Es wäre ein Leichtes für sie gewesen, ein Stück beiseitezugehen, damit Henriette den Wagen verlassen konnte. Aber für Pfiffigunde war es einfach zu verlockend, das Huhn zu ärgern. Statt beiseitezugehen, schlich sie noch dichter an den Wagen heran, fuhr die Krallen aus und fauchte hungrig.

»Gack!«, machte Henriette, vor Angst schlotternd.

»Lass das!«, fauchte Kambu quer über den Platz.

Pfiffigunde warf Henriette noch einen kurzen Blick zu und rannte davon. Mit wenigen, langen Sätzen sauste sie unter dem Lkw hindurch, sprang geschmeidig auf den Einstieg auf der Beifahrerseite. Von dort übers Fenster hinauf aufs Dach des Fahrerhäuschens, wo sie sich gemütlich niederließ.

Die Hühner huschten zu Marion und den anderen hinter die Kisten.

Bernhard allerdings hatte seine Arbeit noch nicht beendet. Die im wahrsten Sinne des Wortes schwierigste Aktion stand ihnen noch bevor: Barriga war noch immer auf dem Lastwagen.

Langsam bewegte er sich an den Rand der Ladefläche und schaute hinunter auf die Pflastersteine des Innenhofs. Wie sollte er mit seinen kurzen Beinen von hier oben springen, ohne sich die Knochen zu brechen. Er war viel zu schwer. Seine Beine würden den Aufprall nicht aushalten.

Marion beobachtete ihn und erkannte das Problem. Sie hatte aber auch keine Idee, wie sie helfen sollte. Nervös begann sie, an ihren Fingernägeln zu knabbern.

Barriga aber blieb ganz ruhig. Er grunzte Bernhard etwas zu.

Bernhard verstand ihn. Er stellte das Knurren ein, fletschte nicht mehr mit den Zähnen und machte dem Mann brav Platz.

Der Mann bildete sich ein, sein gutes Zureden hätte gewirkt.

»Braver Hund!«, lobte er Bernhard. Trotzdem ging er nur langsam an ihm vorbei.

Marion hielt den Atem an. Was hatte Barriga vor? Weshalb hatte er Bernhard zurückgepfiffen? Nur noch wenige Schritte, dann würde der Fahrer ihn entdecken.

Der Fahrer ging um den Wagen herum, blieb kurz erstaunt stehen, weil die Hecktür offen stand.

Kopfschüttelnd öffnete er sie ganz, wollte gerade auf die Ladefläche springen, um die Kisten abzuladen.

Aus dem Laderaum heraus brüllte Barriga den Fahrer mit einem lang gedehnten Grunzen an, der klang wie ein großer Rülpser.

Der Mann stolperte erschrocken drei Schritte zurück. Beinahe wäre er hingefallen.

Marion, Tobias und Billy hatten Mühe, sich das Lachen zu verkneifen.

»Was …?«, stammelte der Mann.

In dem Augenblick begann Barriga zu taumeln. Er grunzte und quiekte und schwankte.

Sogar Marion erschrak.

Was war mit Barriga los? War er krank? War er verrückt geworden?

Entsetzt schaute der Mann auf das furchtbar quiekende Hängebauchschwein, das so sehr taumelte und jeden Moment aus dem Wagen herausfallen würde.

Schnell sprang er auf den Wagen zu, um das Schwein zu stützen.

Kaum hatte er die Ladefläche erreicht, ließ Barriga sich fallen und plumpste mit all seinem Gewicht dem Mann entgegen.

Der öffnete unwillkürlich die Arme, um Barriga aufzufangen, konnte das Gewicht natürlich nicht halten, knickte ein und ging zu Boden. Barriga fiel auf ihn drauf. Der Mann machte ein Geräusch, als hätte man die Luft aus einem Reifen gelassen. Barriga war weich gefallen, unverletzt gelandet und hatte auf elegante Weise den Lkw verlassen.

Der Mann krümmte sich noch immer auf dem Boden, während Barriga in aller Seelenruhe nicht zu den Kisten, sondern auf das gegenüberliegende Gebäude zuging. Die Hintertür dort stand einen Spaltweit offen, wie Marion jetzt erst erkannte.

Katzenjammer

So ein günstiger Moment würde kein zweites Mal kommen. Marion fasste sich ein Herz, rannte quer über den Hof, schlüpfte durch die offene Tür, durch die kurz zuvor Barriga in das Gebäude gegenüber gestampft war, und wollte gerade die Tür hinter sich schließen. Der Fahrer, der noch immer auf dem Hof lag und sich den Bauch hielt, sollte nichts Verdächtiges entdecken, wenn er wieder zu sich kam.

Doch Tobias und Billy waren Marion nachgelaufen. Schnell ließ sie die beiden ein, bevor sie die Tür endlich schließen konnte.

Sie machte eine Handbewegung und alle drei gingen in die Hocke. So konnten sie von außen nicht durchs Fenster gesehen werden.

Marion sah sich um, in was für einem Gebäude sie überhaupt gelandet waren. Vermutlich war Barriga ganz bewusst hineingelaufen, vermutete Marion. Auch wenn er noch nie hier gewesen war.

Der Raum sah langweilig aus. Er war mit dünnen Wänden in viele kleine Büroräume unterteilt. Die Wände bestanden zur unteren Hälfte aus Holz, zur oberen Hälfte aus Glas. So konnten Marion und die beiden Jungs vorsichtig in jedes Büro hineinschauen, während sie leise auf Knien durch den Gang rutschten. Aber es schien niemand da zu sein. In jedem der Büros waren Schreibtische mit Computern, Messgeräten, Druckern, Tafeln, die auf Ständern frei im Raum standen, hier und da gab es auch ein Mikroskop, aber von den meisten Geräten wusste sie nicht, wofür sie gut sein sollten. Wo befanden sie sich hier nur?

Kambu und Kambulea hockten links und rechts auf Marions Schultern und blickten mit vier Augen in vier verschiedene Richtungen. Doch auch sie konnten nichts entdecken, was ihnen weitere Hinweise gegeben hätte. Und vor allem entdeckten auch sie eines nicht: Barriga! Wohin war er verschwunden?

»O Mann«, stöhnte Tobias leise. »Wenn uns hier jemand erwischt! Das glaubt uns doch kein Mensch, dass wir durch fremde Büros krabbeln, um ein Hängebauchschwein zu suchen!«

Marion stoppte, drehte sich zu Tobias um und korrigierte ihn: Sie suchten kein Hängebauchschwein, sondern Marions Katze Klecks!

Tobias nickte. Okay, da hatte Marion recht.

Marion wollte weiterkrabbeln. Aber plötzlich fehlte auch Billy. Sie fragte Tobias. Aber auch Tobias hatte nicht mitbekommen, wo Billy abgeblieben war.

Marion fluchte. Es war schon blöd genug, dass Barriga verschwunden war. Jetzt mussten sie auch noch Billy suchen. Marion wollte so schnell und unauffällig wie möglich nach Klecks schauen. Da konnte sie solche Zwischenfälle ganz und gar nicht gebrauchen.

»Ich glaube, er ist dort hinten ins Büro gekrabbelt!«, sagte Kambu. Er hatte Billy zwar auch nicht gesehen, aber Kambulea glaubte, ihn mit ihrem linken Auge gerade noch gesehen zu haben.

Marion nickte Tobias zu. Tobias drehte um und schlich sich auf allen vieren ins Büro. Marion blieb hinter ihm.

Tatsächlich war Billy da. Er lag bäuchlings auf dem Schreibtisch und hing auf der anderen Seite mit Kopf und Oberkörper herunter. Tobias und Marion sahen nur noch seine Beine auf dem Schreibtisch herumzappeln.

»Was machst du da?«, zischte Tobias ihm zu.

Billys Oberkörper schnellte hoch. Er winkte Tobias und Marion zu.

»Barriga ist hier!«

Tobias und Marion schauten sich verblüfft an. Dann krabbelte Tobias links am Schreibtisch vorbei, Marion einfach unter dem Tisch durch. Beide trafen gleichzeitig bei Barriga ein, der hinter dem Schreibtisch stand. Auf zwei Beinen! Die Vorderbeine hatte er auf einen kleinen Beistelltisch gelegt, der unter seinem Gewicht zitterte. Zwischen den Vorderbeinen stand ein Faxgerät. Der Auffangkorb des Gerätes war voll mit empfangenen Seiten, die Barriga mit seinen plumpen Zehen nicht durchblättern konnte. Diese Aufgabe hatte Billy für ihn übernommen. Das war der Grund, weshalb Billy so merkwürdig quer über dem Schreibtisch lag. Von oben blätterte er die Seiten einzeln durch, sodass Barriga sie lesen konnte.

»Und was steht da?«, fragte Tobias.

Das wusste Billy auch nicht. Über Kopf konnte er sie nicht lesen.

Kambu fragte Barriga.

»Das ist ein Artikel in einer Zeitschrift!«, kam als Antwort zurück.

»Einen Zeitschriftenartikel?«, wunderte sich Tobias und schaute sich in dem Büro um. »Worüber denn?«

»Über ein neuartiges Medikament gegen Katzenallergie!«, sagte Barriga.

Billy horchte aufmerksam auf. »Interessant. Die bisherigen helfen nämlich nicht!«

»Kein Medikament für dich, sondern für die Katzen«, las Barriga weiter. »Die Katzen bekommen Spritzen, damit Menschen nicht mehr allergisch auf sie reagieren!«

Das erstaunte Billy noch mehr. Er hatte schon mal etwas von Katzen gehört, die genetisch verändert gezüchtet wurden, sodass sie keine Allergien mehr auslösten. Aber ein Medikament, das den Katzen gespritzt wurde?

»Ein völlig neuartiges Verfahren«, las Barriga aus dem Artikel. »Darüber schreiben sie hier. Das Medikament wird in diesem Labor hier entwickelt!«

Anti-Allergie-Katzen! Das also steckte dahinter. Marion begriff.

Hatten sie das nicht im Keller der Zoohandlung gehört? Allergie-Katze! Vielleicht hatten sie es nur nicht richtig verstanden und es hieß eben: Anti-Allergie-Katze!

Marion ahnte, was hier vor sich ging. Das Labor fing Katzen ein oder holte sie sich aus dem Tierheim, spritzte sie mit dem neuen Medikament und brachte sie zurück in die Zoohandlung, wo sie dann verkauft wurden. Und das, obwohl das Medikament noch gar nicht genehmigt war.

Und vermutlich wusste auch noch niemand, welche Nebenwirkungen dieses neue Medikament auf die Katzen hatte. Die Tierheimkatzen wurden als Versuchstiere missbraucht. Und vermutlich war auch Klecks dabei!

Bei dem Gedanken an ihre Katze begann Marions Herz sofort vor Aufregung höherzuschlagen.

»Wir müssen suchen!«, schlug Barriga vor. »Und wer könnte die Katzen besser finden als Pfiffigunde und Bernhard? Wo sind die beiden?«

Niemand wusste es. Vermutlich waren sie noch draußen. Bernhard hielt den Lkw-Fahrer in Schach, nahm Marion an. Und Pfiffigunde tat ja ohnehin immer, was sie wollte.

»Nie sind die beiden da, wenn man sie braucht«, moserte Barriga verärgert. »Immer das Gleiche!«

Und dann machte Barriga etwas, womit weder Marion noch die anderen je gerechnet hätten: Barriga stieß einen Pfiff aus. Etwa so, wie Fußballtrainer am Spielfeldrand pfiffen. Kurz. Laut. Schrill. Marion, Tobias und Billy hielten sich die Ohren zu.

Das Erstaunlichste war: Der Pfiff zeigte Wirkung. Die Eingangstür öffnete sich und Bernhard und Pfiffigunde trotteten in trauter Eintracht nebeneinanderher durch den Flur, geradewegs ins Büro und meldeten sich bereit zum Dienst.

Marion und Tobias standen die Münder offen.

Billy hatte längst aufgehört sich zu wundern. Was er in den letzten Stunden mit der seltsamen Ansammlung von Tieren erlebt hatte, reichte für den Rest seines Lebens.

Barriga informierte Bernhard und Pfiffigunde in kurzen Worten, worum es ging und endete mit:

»Und jetzt müssen wir die Katzen finden. Sie müssen hier irgendwo sein!«

Pfiffigunde nickte und Bernhard schnaufte durch die Nase, als wollte er sie auf seinen Einsatz vorbereiten.

»Also los!«, gab Barriga das Kommando und die beiden zischten ab.

Marion tippte Barriga auf den Rücken. »Was ist, wenn jemand von den Büromitarbeitern auftaucht?«, fragte sie. Sie konnte sich nicht vorstellen, dass niemand hier war.

Barriga nickte.

»Ich denke, wir werden die Menschen dort finden, wo auch die Katzen sind«, antwortete Barriga. »Wenn wir die gefunden haben, dann beginnt unsere eigentliche Arbeit.«

»Was denn für eine Arbeit?«, fragte Billy.

Marion schaute ihn an. Das war doch wohl klar, fand sie. »Weil die Menschen, die hier arbeiten, Klecks vermutlich nicht freiwillig herausgeben werden«, erklärte Kambu Marions Gedanken. »Und die anderen Katzen auch nicht. Also müssen wir sie befreien!«

»Befreien?« Billy dämmerte allmählich, was möglicherweise auf ihn zukam.

Doch ein Zurück gab es nicht mehr. Bernhard war losgeschossen wie in seinen besten Zeiten und schnüffelte den Flur entlang. Er roch Katze. Unzweifelhaft roch er Katze!

Auch Pfiffigunde war schnell fündig geworden. Natürlich wäre ihr nie in den Sinn gekommen, so wild und hektisch mit der Nase voran über den Boden zu hetzen wie Bernhard es tat. Pfiffigunde witterte hochnäsig in die Luft hinein, schlenderte scheinbar gemütlich und völlig unbeteiligt durch den Gang, blieb hier und da stehen, schnupperte und ging weiter. Es ließ sich nicht auf den ersten Blick erkennen, ob Pfiffigunde nur entspannt spazieren ging, spielte oder ernsthaft suchte. Vermutlich tat sie alles gleichzeitig, aber nicht minder erfolgreich. Sie und Bernhard kamen zum gleichen Ergebnis: am Ende des Flures nach rechts.

Genau von dort drangen nun aber Stimmen zu ihnen. Irgendwelche Menschen kamen direkt auf sie zu!

»Ach du Schreck!«, entfuhr es Tobias. Schnell sah er sich nach einem Versteck um.

Doch Marion hatte Barrigas Strategie begriffen. Sie durften sich nicht verstecken. Im Gegenteil, sie mussten Aufmerksamkeit erregen, um Bernhard und Pfiffigunde den Rücken freizuhalten.

Marion bat Kambu, Bernhard zu rufen.

Kambu bellte nach ihm. Aber das war zu laut. Marion wies ihn sofort darauf hin.

Kambu wollte nun leiser nach Bernhard pfeifen, aber dabei war ihm seine lange Zunge im Weg. Kambu stieß nur ein dumpfes, zischendes Geräusch aus, das klang wie ein alter Fahrradreifen.

Die Zeit drängte.

Die Menschenstimmen wurden lauter.

Bernhard schnüffelte ungerührt weiter. Doch Pfiffigunde schaltete blitzschnell. Sie schoss hinüber zu Bernhard, so schnell wie Marion die Katze noch nie gesehen hatte, verpasste ihm mit ausgefahrenen Krallen einen leichten Hieb auf den Hintern, sodass Bernhard kurz aufjaulte. Pfiffigunde kümmerte sich nicht drum, sondern zeigte Bernhard, wohin er verschwinden sollte. In eines der nächsten Büros.

Pfiffigunde selbst versteckte sich im gegenüberliegenden Raum, in dem eine kleine Teeküche untergebracht war.

Barriga blieb im Flur stehen. Er wusste nicht, wo er so schnell hin sollte. Der Weg zu Bernhard war zu weit, dafür war Barriga zu langsam. Ebenso die Büros hinter ihm. Ausgerechnet auf diesem Stückchen Flur gab es keine Türen. Auf beiden Seiten nur Wand.

In dem Moment kamen zwei Männer in weißen Kitteln, deren Stimmen sie schon gehört hatten, um die Ecke und den Flur entlang.

Marion, Tobias und Billy stellten sich nebeneinander auf, um Barriga zu verdecken.

Kambulea krabbelte in Marions Nacken. Aber wo sollte Kambu hin? Normalerweise verkroch er sich unter Marions Baseballmütze, aber auch dafür blieb nun keine Zeit mehr. Kambu ließ sich von Marions Schulter einfach ein Stück herunterrutschen und krallte sich in ihrem Rücken am T-Shirt fest.

Es zwackte Marion ordentlich und sie musste sich zusammenreißen, um ruhig stehen zu bleiben. Eben noch hatte sie es sich anders vorgestellt. Sie wollte gemeinsam mit Tobias und Billy die Leute ablenken, damit Bernhard und Pfiffigunde in Ruhe weitersuchen konnten. Aber nun versteckte sich Barriga hinter ihnen. Wie sollten sie hier nur wieder wegkommen, ohne Barriga den Büroleuten auszuliefern?

Jetzt hatten die beiden Männer sie entdeckt. Sie blieben stehen und schauten verwundert auf die drei Kinder, die da nebeneinander im Flur standen.

»Wo kommt ihr denn her?«, fragte der eine.

Mit dieser Frage setzten die beiden sich in Bewegung und gingen auf die Kinder zu.

Marion bekam schweißnasse Hände. Tobias hippelte von einem Bein aufs andere.

Billy knabberte an seinen Fingernägeln und flüsterte vor sich hin: »Befreiung! Hab doch gleich gesagt, das geht in die Hose!«

»Hallo, ich habe euch etwas gefragt!«, sagte der Mann. »Seid ihr taub?«

Alle drei Kinder schüttelten die Köpfe.

»Na also?«, setzte der Mann nach. »Wo kommt ihr her? Was wollt ihr hier? Wer hat euch hereingelassen?«

Marion sah, wie sich hinter den Männern Pfiffigunde aus der Küche schlich, hinüber ins Büro huschte und kurz darauf mit Bernhard durch den Flur dorthin lief, wo sie die Katzen gewittert hatten.

Wenigstens das klappt, dachte Marion. Nur durften sich die Männer jetzt nicht nach ihnen umdrehen! Auf gar keinen Fall!

Aber zu sehr sollten sie sich auch nicht auf die drei Kinder konzentrieren. Es würde sonst nicht lange dauern, bis sie Barriga finden würden. Es war nicht leicht, ihn zu verdecken.

Marion überlegte angestrengt, was sie tun sollte. Ihr fiel nichts ein. Hoffnungsvoll schaute sie zu Tobias und Billy. Aber die beiden machten auch nicht den Eindruck, als ob sie eine Idee hätten.

In dem Augenblick kam ein furchtbar lautes Gegacker aus dem Flur.

»Was war das?«, fragte der eine Mann den anderen.

»Hühner!«, antwortete der andere verdutzt.

»Hühner? Wieso denn Hühner? Wo sollen hier denn Hühner herkommen?«

Erneut setzte das laute Gegacker ein.

Es kam jetzt eindeutig aus den Büros hinter den Kindern.

»Moment mal!«, sagte der eine Mann. »Nicht weglaufen, Kinder!«

Dann rannte er los, direkt an den Kindern und Barriga vorbei. Der andere Mann folgte ihm. Sie schauten in die Büros links und rechts vom Flur.

»Ein Huhn!«, schrie der eine entsetzt. »Auf dem Messgerät!«

»Hier auch!«, rief ihm der andere zu. »Es kackt gerade genau auf die Laborergebnisse!«

»O nein!« Der eine Mann lief aus dem einen Büro hinüber ins andere.

»Los!«, zischte Barriga den anderen zu. »Das ist unsere Chance, solange Hertha und Henriette die Männer ablenken. Schnell!«

»Schnell?«, lachte Billy auf. »Du bist doch hier der lahme Fettklops!«

Aber Marion duldete keine Debatten. Barriga hatte recht.

So schnell sie konnten, rannten sie Bernhard und Pfiffigunde hinterher.

So schnell sie konnten, das hieß bis zur nächsten

Ecke im Flur. Dort mussten sie erst mal auf Barriga warten, der mit seinen kurzen dicken Beinen nur langsam vorwärtskam.

»Los, los!«, rief Tobias ihm zu.

Jeden Moment konnten die Männer wieder aus dem Büro herauskommen.

Barriga keuchte und stampfte hastig den Gang entlang. Endlich hatte er die Ecke erreicht. Dahinter endete der Flur nach nur wenigen Metern an einer breiten Schwingtür.

Marion öffnete sie, ging hindurch und ließ vor Schreck die Schwingtüren los, die zurückschnellten und beinahe Barriga umgehauen hätten. Tobias und Billy konnten sie gerade noch festhalten.

Sie sahen, was Marion so erschreckt hatte: Sie standen in einem großen Labor. Grelles Neonlicht blendete sie. In der Mitte des Raumes stand ein sehr langer und breiter Tisch aus Chromstahl. Darüber hingen noch mal extra einige helle Lampen. An der linken Wand standen weiße Tische mit zahlreichen Messinstrumenten und Werkzeug, das Marion an ihren Zahnarzt erinnerte. Tobias war schon einmal in einem Krankenhaus gewesen. Er fand, dort hatte es so ähnlich ausgesehen.

Auf der anderen Seite des Raumes waren einige Käfige aufgebaut, in denen Katzen eingesperrt waren. Marion hatte besonders einen Käfig sofort im

Blick: In ihm lag Klecks! Endlich! Marion rannte auf den Käfig zu.

Klecks lag auf dem Boden und war …

Marion hoffte, dass nicht das Schlimmste eingetreten war. Schnell machte sie sich aber bewusst, dass die Laborleute kaum eine Katzenleiche in einem Käfig aufbewahren würden. Also schlief Klecks wohl nur. Oder war betäubt? Weil Marion sie nicht rufen konnte, rüttelte sie an dem Käfig.

Klecks hob matt den Kopf.

Marion schnürte es die Kehle zu. Was hatten die Leute mit ihrer Katze angestellt?

»Klecks!« Tobias war an dem Käfig angekommen. »Die ist ja ganz kahl!«

Marion erschrak. Was sagte Tobias da?

Tobias stand rechts von Marion und konnte deshalb Klecks' rechte hintere Seite besser sehen. Er zeigte darauf. Jetzt sah Marion es auch. Auf der rechten hinteren Seite war Klecks ein großes Quadrat kahl rasiert worden.

Marion ahnte sofort, womit das zu tun hatte. Klecks sollte ganz offenbar auch eine dieser Anti-Allergie-Katzen werden, die von hier aus verkauft wurden.

»Ja, eindeutig!«, rief Barriga, der im Papierkorb eine Reihe von Notizen gefunden hatte. »Welche Nummer hat der Käfig?«

Marion schaute nach, ob sie irgendwo am Käfig eine Nummer entdecken konnte. Links am Kasten fand sie einen angeklebten Zettel mit der Nummer 25.

Barriga stieß mit der Schnauze den Papierkorb um, verteilte mit seinen Füßen die Papiere auf dem Boden, schnüffelte mit seinem Schweinerüssel darin herum, als ob er Trüffel im Wald suchte und plötzlich rief er: »Hier! Nummer 25. Klecks hat mehrere Spritzen bekommen und ihr wurden Gewebeproben entnommen!«

Marion schaute entsetzt auf Klecks.

»Hier sind so viele Katzen. Aber ich muss gar nicht niesen!«, bemerkte Billy.

»Das heißt, die Experimente verlaufen erfolgreich!«, stellte Barriga fest.

»Experimente?« Tobias war sich noch immer nicht ganz sicher, ob er alles richtig verstanden hatte.

Barriga erklärte es ihm: »Die Leute holen sich Katzen aus dem Tierheim, spritzen sie, zur Überprüfung werden sie noch eine Zeit lang kontrolliert und dann als Anti-Allergie-Katze verkauft.«

»Und welche Nebenwirkungen haben die Spritzen?« Tobias zeigte auf die matte Klecks.

Barriga wusste es nicht. Und ein bisschen glaubte er sogar, auch die Laboranten wussten es nicht. Die Gewebeproben deuteten jedenfalls darauf hin. Und auch in dem Artikel hatte es eine ähnliche Andeutung gegeben.

Marion fragte sich, was dann aber die Zoohandlung damit zu tun hatte, in der sie die erste Spur von Klecks gefunden hatten. Sie wandte sich kurz von Klecks ab, kam zu Barriga und schaute auf die Papiere, die er durchwühlt hatte. Marion nahm eine Rechnung, die wohl in dem Papierkorb gelandet war, weil sie mit einem Tippfehler ausgedruckt worden war. Ganz klein waren auf dem Briefkopf die Geschäftsführer des Labors aufgeführt.

»Wie hieß noch mal die Zoohandlung?«, fragte Marion Tobias in der Gebärdensprache.

Tobias erinnerte sich: »Zoohandlung Schimmelpfennig.«

Marion zeigte Tobias den Briefkopf. Wie sie es sich gedacht hatte: Der Inhaber der Zoohandlung war gleichzeitig einer der Geschäftsführer dieses Labors. Deshalb war Klecks dort gewesen. Die Zoohandlung diente teilweise als Zwischenlager für die Katzen.

Pfiffigunde schlich um die Katzenkäfige herum und besah sich mitleidig die ganzen frisch gespritzten Katzen, die matt und trüb in ihren Käfigen lagen.

Offenbar machten die Spritzen den Katzen zumindest am Anfang schwer zu schaffen.

»Ist das erlaubt, was die hier machen, Professor?«, fragte sie.

Barriga nickte traurig mit dem Kopf. »Ich fürchte ja. Für die Gesetze des Menschen sind wir Tiere nur Gegenstände, etwa so wie ein Gebrauchtwagen.«

»Ein Gebrauchtwagen?«, empörte sich Marion. Ihre Klecks?

»Tja!«, sagte Barriga. »Ich fürchte, da können wir nichts machen. Das Labor wird eine Genehmigung haben, allergiefreie Katzen produzieren zu dürfen!«

»Produzieren?« Marion erregte sich immer mehr.

Plötzlich hatte sie eine Idee. Von wegen: Da konnte man nichts machen. Sie tippte Tobias auf die Schulter und bat ihn, sich mit ihr zusammen nach einem Telefon umzusehen. Tobias brauchte nicht lange zu suchen. An der Wand hing eines.

»Willst du die Polizei rufen?«, fragte Tobias. »Das nützt nichts, wenn das erlaubt ist, was die hier tun!«

Aber Marion hatte etwas anderes vor. Sie erinnerte sich, wie der ganze Kriminalfall begonnen hatte: Sowohl der Zoohändler als auch die Leute vom Labor hatten sich die Katzen im Tierheim unter falschen Namen und Adressen geholt. Sie wollten also nicht, dass das Tierheim von ihrer Katzenproduktion und dem Wiederverkauf der Katzen erfuhr. Aber genau dafür würde Marion jetzt sorgen.

Sie sagte Tobias, dass er im Tierheim anrufen und Katja und Maria informieren sollte. Sie sollten sofort hierherkommen.

»Wohin?«, fragte Tobias.

»Na, hierhin, ins Labor«, bedeutete Marion ihm, bevor ihr einfiel, was Tobias meinte. Sie hatten keine Adresse! Sie wussten gar nicht, wo sie waren. Sie hatten sich ja heimlich von dem Lkw mitnehmen lassen, aber ohne zu wissen, wo der hingefahren war.

»Der Briefkopf!«, fiel Marion ein.

Kambu rief für sie Barriga, der die Adresse vom Briefkopf vorlas, Kambu übersetzte und Tobias wählte die Nummer des Tierheims.

»Ähem«, machte Barriga. »Es gibt da noch ein Problem.«

»Noch eines?«, fragte Marion, nachdem Kambu es ihr übersetzt hatte. Marion fiel keines ein. Jetzt war doch alles geregelt. Sie hatten Klecks wieder, würden alle Katzen befreien und Katja und Maria würden bestimmt sofort kommen. Was sollte es da noch für ein Problem geben?

»Wir sind das Problem!«, erläuterte Barriga. »Was werden Katja und Maria denken, wenn sie mich, Pfiffigunde, Bernhard, Hertha und Henriette und vielleicht auch noch Kambu und Kambulea hier entdecken?« Barriga war wenig daran gelegen, seinen außergewöhnlichen Detektivclub auffliegen zu lassen.

»Und ihr haltet doch dicht, oder?«, fragte Barriga in die Runde.

Marion nickte heftig. Auch Tobias versprach, nichts zu verraten und schaute zu Billy.

»Das würde mir ohnehin niemand glauben!«, lachte Billy.

Somit musste ihnen nur noch einfallen, wie sie unentdeckt bleiben konnten. Marion grübelte, hatte aber schnell eine Lösung gefunden. Allerdings kam sie nicht mehr dazu, ihre Idee den anderen mitzuteilen. Sie hörte die Stimmen der Männer und ein lautes Gegacker. Es war keine Frage: Die Männer kamen zurück und sie hatten die beiden Hühner erwischt.

»O verdammt, was jetzt?«, fragte Tobias.

Marion zeigte ihm an, dass er auf jeden Fall das Telefonat führen sollte. So schnell wie möglich.

»Es ist besetzt!«, jammerte Tobias. »Und gleich sind die Männer da!«

»Wir müssen sie wieder ablenken«, schlug Billy vor.

Marions Blick fiel auf Bernhard, der an der Tür gewissermaßen Schmiere stand.

Das brachte sie auf eine bessere Idee.

Mithilfe von Kambu bat sie Bernhard, sich an

seine besten alten Zeiten zu erinnern und alles zu tun, was in seiner Macht stand, die Männer des Labors, die jeden Moment zurückkehrten, in Schach zu halten, so wie er es zuvor mit dem Lkw-Fahrer gemacht hatte.

Bernhard war stolz, dass er diese Aufgabe übernehmen durfte.

Billy hingegen blieb skeptisch. »Wie lange soll er die Männer denn unter Kontrolle halten?«

»Und was machen wir denn nun mit den Tieren aus dem Tierheim?«, stimmte Tobias mit ein.

Marion ließ sich nicht beirren. Alles hing von Bernhard ab.

In dem Augenblick kamen die Männer zurück. Sofort ging Bernhard knurrend auf sie los. Verwundert blieben die Männer stehen. Natürlich hatten sie keine Angst vor Tieren. Schließlich arbeiteten sie täglich mit ihnen. Auch große Hunde jagten ihnen keine Angst ein. Dachten sie zumindest. Der eine ging entsprechend forsch auf Bernhard los.

Aber Bernhard reagierte prompt. Er schoss auf den Mann los, bellte nicht, aber knurrte gefährlich, zeigte seine Zähne und schnappte sogar einmal kurz nach dem Bein des Mannes, sodass dieser erschrocken einen Schritt zurücksprang.

Nun wollte der andere einen Versuch wagen, an Bernhard vorbeizukommen, aber da zeigte Barriga, was in ihm steckte. Er stampfte auf den Mann zu, hielt den Kopf gesenkt wie ein wild gewordener Stier und warf sich gegen sein Bein. Der Mann fiel rücklings gegen seinen Kollegen und beide landeten auf dem Boden.

Bernhard ging sofort erneut auf sie los. Ängstlich krabbelten sie jetzt noch weiter zurück.

Tobias hatte inzwischen endlich eine Verbindung mit dem Tierheim und erzählte ihnen, dass sie Klecks und die übrigen Katzen aus dem Tierheim gefunden hatten. Von Barriga und seinen Freunden sagte Tobias nichts.

Nun musste alles ganz schnell gehen.

Marions Idee, wie Barriga und seine Detektive nicht von Katja und Maria aus dem Tierheim gesehen und gleichzeitig die gefangenen Katzen befreit werden konnten, war nicht ganz so einfach zu verwirklichen.

Marion lief wieder zu dem Käfig, in dem Klecks müde vor sich hin dämmerte, nahm den Käfig und rannte zum Ausgang.

Tobias und Billy sahen ihr nur staunend zu. Damit sich das änderte, übersetzte Kambu für sie: »Wir packen alle Käfige in den Lkw. Barriga und die anderen können sich zwischen und hinter den Kisten verstecken. Und wenn Maria und Katja kommen, können sie gleich den Lastwagen mit den ganzen Kästen zurück ins Tierheim fahren. Ohne dass sie Barriga und die anderen sehen!«

»Genial!«, fand Tobias.

Auch Billy war fasziniert von der Idee.

»Na also, dann packt mit an!«, forderte Kambu sie auf.

»Halt, das geht nicht! Was macht ihr da?«, protestierten die beiden Labormitarbeiter, als Marion, Tobias und Billy mit den ersten drei Käfigen an ihnen vorbeiliefen.

Doch Bernhard fletschte sofort wieder die Zähne. Und damit die Männer den Eindruck gewinnen konnten, Bernhard wäre nicht der einzige gefährliche, bissige Hund, bellte und knurrte Kambu jedes Mal, wenn Marion mit ihm an den Männern vorbeirannte, wie ein gefährlicher Schäferhund.

Die Zeit war knapp.

Sehr knapp.

Als Maria und Katja auf den Hof gefahren kamen, packte Billy gerade den letzten Käfig in den Lastwagen.

Pfiffigunde hatte es sich schon lange zwischen den Käfigen gemütlich gemacht. Sie hatte ihre Aufgabe erledigt, Kisten tragen konnte sie nicht. Pfiffigunde war in solchen Momenten immer sehr cool.

Hertha und Henriette hatten sich ebenfalls im Lastwagen verkrochen.

Barriga war gerade dabei, mühsam auf die Ladefläche zu klettern, als Maria und Katja gerade aus ihrem Wagen stiegen.

Jetzt musste nur noch Bernhard sehen, dass er unbemerkt auf den Lkw kam.

Dabei half ihm Kambu.

Bernhard schlich sich ins nächste Büro, aber gerade als die Männer aufstehen wollten, fing Kambu, der bei Marion auf der Schulter saß, an zu knurren.

Während Katja und Maria ins Labor liefen, sprang Bernhard aus dem Fenster, lief hinten herum über den Hof und schlüpfte in den Lkw.

Der Rest lief wie von selbst.

Zwar konnten Maria und Katja nicht generell solche merkwürdigen Tierproduktionen für die Zukunft unterbinden, aber sie machten den Labormitarbeitern schnell klar, dass die Tiere aus dem Tierheim abgeholt werden sollten, um ihnen ein neues Zuhause zu geben und nicht, um an ihnen herumzuexperimentieren und sie zu verkaufen. Und so nahmen sie – genau wie Marion es mithilfe von Tobias und Billy vorbereitet hatte – in dem Lastwagen alle Katzen wieder mit zurück ins Tierheim. Dort wurde es zwar für eine ganze Weile sehr, sehr eng, aber immerhin würden die Katzen sich wieder erholen.

Diesmal hatte Tobias die richtige Idee. Er wollte

zusammen mit Marion einen Aufruf an der Schule starten: Jeder Schüler, der Lust darauf hatte und die Genehmigung der Eltern bekam, sollte eine Katze aus dem Tierheim nach Hause holten.

Blieb am Ende nur noch eine Frage offen: Was geschah mit Kambu?

»Oh!«, sagte Kambu. »Das habe ich schon vorbereitet. Ich werde abgeholt!« Während er das sagte, schnatterte draußen auf der Wiese eine Gans vorbei. »Aber zum Glück erst in sechs Monaten!«

Marion mochte es kaum glauben. Kambu wollte tatsächlich wieder 3000 Kilometer zurück auf einer Gans fliegen?

»Nein!«, wies Kambu entsetzt zurück. »Nie wieder! Nein, sie fliegen uns nur bis zum nächsten Schiff im Hafen, das nach Afrika fährt. Und in Afrika holen sie uns wieder ab und fliegen uns ins Binnenland. Haben sie jedenfalls versprochen!«

So konnte Kambu diesmal noch eine lange Zeit bei seiner zweitbesten Freundin Marion bleiben.

Zweitbesten?

Kambu druckste etwas herum. Aber er musste schließlich zugeben, dass er nun eine neue beste Freundin hatte.

Kambulea freute sich schon sehr auf Afrika!

dtv junior

Eva Ibbotson

ISBN 978-3-423-**70997**-2
Ab 10

ISBN 978-3-423-**70839**-5
Ab 11

ISBN 978-3-423-**70752**-7
Ab 11

ISBN 978-3-423-**70725**-1
Ab 11

Übersetzt von Sabine Ludwig